宇宙人のためのせんりゅう入門

暮田真名

左右社

宇宙人のためのせんりゅう入門

暮田真名

プロローグ

真夏の夜に、宇宙人を拾った。

アルバイトから帰ってくると、マンションの入り口を大きな灰色の岩がふさいでいた。近付いてみると、灰色の岩に見えたものは土やほこりの混じった氷のかたまりのようだ。暑さで溶けたのだろう、地面は水びたしである。これをどかさないことには部屋に入れない。ためしに利き足でキックしてみたが、どうにも敵わなそうだ。

「いたいっ」

どこからか機械のような声が聞こえてきた。氷を蹴ったのと同時だ。もう一撃くわえてみることにした。

「やめてえー」

氷のなかから声がしているのは間違いないようだ。いったいどういうことだろうか。

「蹴っちゃってごめん。ここからどいてくれないと家に帰れないんだ。動ける?」

「うん」

小声でお願いすると、氷のかたまりはあんがい素直にぴょん、とわたしの前から立ち退いた。

「どいてくれてありがとう。じゃあね」

「つめたいよー」

「え?」

「ここから出してよー」

「……いったんうちに来る?」

「わーい」

断れない性格が災いして謎のいきものを連れて帰ることになってしまった。階段をのぼるわたしの後ろを氷のかたまりはカツン、カツンとついてくる。通り道にはくだけた氷がきらきらと光っている。

氷のかたまりを部屋に招き入れるとすぐに溶け、墨色の煮こごりのようなものが現れた。キッチンのボウルにお湯を溜めた即席のお風呂に煮こごりを入れてやりながら、身元調査を行うことにした。

「きみは何者なの？　名前は？」

「名前？　わかんない……ぐす……」

「困ったな。どこからきたの？」

「ぼくはべつの星からやってきたんだ」

「じゃあ、宇宙人ってこと？　なんで地球に来たの？」

「地球だけじゃない。あちこちの星を転々とさせられてる。次の星に行くときには前の星の記憶は消えてしまうんだ」

「それってひどくない？　どうしてそんな目に遭ってるの？」

気丈に振る舞っていた煮こごりも、この質問には顔を曇らせた。

「罰なんだ……」

「罰？　なんの？」

「わからない……でもぼくがなにか悪いことをしたんだと思う……めそ……」

煮こごりは震え、スプリンクラーのように涙をまき散らした。

「事情はよくわからないけど、しばらくうちにいるかい？」

「いいの？」

「いいよ。わたしは暮田真名《くれだまな》。きみは今日から『せんりゅう』だ」

「せんりゅう？」

「そう、きみの名前はせんりゅうだよ」

こうして川柳人・暮田と宇宙人・せんりゅうの奇妙な共同生活が幕を開けた――。

もくじ

この本の登場人物紹介

クレダ

川柳人。乙女座。文系の大学院生で川柳を研究中。拾った宇宙人に「せんりゅう」と名付け、「NEO川柳運動」の立役者にまつりあげようと企んでいる。

せんりゅう

ぷりぷりとした質感の宇宙人。無邪気でまっすぐな性格。地球にやってきて氷漬けになっているところをクレダに拾われた。バニラ味のアイスが大好き。

トゲトゲ

頭に3つの角をもつ宇宙人。言葉づかいは荒々しいが、心根はやさしい。

ひらひら

悟りを開きそうな顔の宇宙人。音楽、絵画、彫刻など芸術の才能が豊か。

1日目　未知との遭遇

「せんりゅう」って何？

クレダ、おはよう！

うーん……？

おはよう！　クレダ！

なんだこのへんないきものは……。

ひどい！　クレダが拾ってくれたんじゃないか。

そうだった。わたしは昨晩宇宙人を拾ってせんりゅうと名付けたんだった。

思い出したんだね！

うん、寝ぼけてたよ。ごめんね。一晩水に浸かったらすっかりきれいになったね。

クレダが助けてくれたおかげだよ！

どういたしまして。水がすっかり濁っちゃったから替えようね。

あれっ！　ぼくってこんな見た目だったんだねえ。

昨日は墨色だったもんね。最初はなぜか凍ってたし。

じぶんがどうしてあんな姿であそこにいたのか、ぜんぜんわからないんだ……。

無理することないよ。時間が経ったらなにか思い出すかもしれないしね。はい、新しい水だよ。

ありがとう！　ところで、クレダの家には本がたくさんあるんだねえ。

いちおう文系の学生だからね。本はなにかと必要なんだ。

ふーん。いちばん左の棚の本には「かわやなぎ」っていっぱい書いてあるね。

川柳用の棚だからね。川に柳と書いて「せんりゅう」って読むんだよ。

ぼくと同じ名前！

そう。きみの名前はこれからとったんだ。

川柳ってどういう意味？

基本的には**五音・七音・五音の十七音で書かれた日本語の詩**のことだよ。

クレダは、川柳が好きなの？

好きっていうか、わたしは川柳人なんだよね。

地球人じゃなくて⁉

地球人で、川柳人なの。川柳を書く人のことを川柳人とか、柳人《りゅうじん》とか、川柳作家
とか呼ぶんだよ。

なーんだ。クレダも川柳っていう星から来た宇宙人なのかと思ったよ。

まあ、そういう響きではあるけどね。

「川柳人」はレアキャラ

地球には「川柳人」がいっぱいいるの？

それは難しい質問だなあ。

どうして？

日本語ユーザーのなかで探せば、単に「川柳を書いたことがある人」はけっこう
いると思う。でも、自分のことを「川柳人」だと思っている人はすごく少ない。

単に川柳を書いたことがあるだけでは、自分のことは「川柳人」だと思わないいっ

てこと？

そうだね。**川柳をマジでやってる人しか、自分のことを「川柳人」だと思わないんじゃないかな。**

じゃあ、クレダは川柳をマジでやっているんだね。

うん。川柳の本を出したり、川柳を人に教えたりしてるしね。

そうだったのか。川柳用の棚の隣は何用の棚なの？

隣は短歌と俳句の棚だよ。

短歌と俳句？

短歌は基本的に五音・七音・五音・七音・七音の三十一音で書かれた日本語の詩。俳句は基本的に五音・七音・五音の十七音で書かれた日本語の詩のことさ。

待って！　それじゃあ川柳と俳句は全く同じじゃない？

よく覚えてたね。川柳と俳句は五・七・五の「定型」を共有してるんだ。

どうして別の名前がついてるの？

俳句には「季語」や「切れ字」などのルールがいっぱいあるとされているんだ。まあ、宇宙人には難しいだろうから知らなくていいよ。

（ムッ。詩の音数にばっかりこだわる変な地球人には言われたくないぜ）

川柳をマジでやる人が少ないのは、どうしてなの？

一つは、川柳は誰でも書けるから。もう一つは、川柳を「作品」だと思っている人が少ないからかな。

言葉を選ばずに言うと、ありがたがられてないってこと？

いいこと言うね。小説家の田辺聖子[1]は川柳を「庶民の共有財産」と表現したけど、まさにそういうことなんだと思うな。

肯定的に捉えることもできるのかあ。

勉強嫌いのわたしが川柳を続けられたのもそのおかげだしね。でも、あんまりありがたがられてないのも考えものでさ。川柳を「本で読むもの」と思っていない人も多いんだ。

え？　本じゃなかったらなにで読むの？

新聞とか、広告とか、口伝えとか……。

文字ですらない！

そのくらい生活に根付いているとも言えるんだけどね。わたし自身、川柳の作品集（句集）の存在をはじめて知ったときは驚いたよ。

そんなに知られていないなんて。

そうなんだよ。地球にやってきてはじめて出会う地球人が川柳人だなんて、盲亀《もうき》浮木《ふぼく》の確率といってもいいいんじゃないかな。

大海を泳ぐ目の見えない亀が百年に一回だけ海面に浮かび上がるときに、漂う流木に空いた穴に首を突っ込むくらい難しい、というお釈迦さまの教えだね！　つまり、めちゃくちゃレアってことだ！

（語彙力が高い宇宙人だなあ）

柄井川柳さん

ちなみに短歌や俳句と、川柳の大きく違うポイントがもう一つある。

なんだろう？

それは川柳だけ人の名前がジャンルの名前になってるってこと。川柳はもともと「柄井川柳《からいせんりゅう》」2 っていう人の名前からきているんだ。

へえー！　川柳さんは川柳をはじめて作った人？　それとも川柳がすごく上手だった人？

ふつうそう思うよね。でも違うんだ。川柳さんは、選んだ人。

選んだ人⁉

川柳は江戸時代の「前句付《まえくづけ》」っていう遊びにルーツがあってね。これは簡単に言うとお題に対してうまいこと返すっていうゲーム。

大喜利みたいなこと？

そうそう。川柳さんはたくさんの回答のなかから優れた回答を選ぶ人（点者）だったんだ。川柳さんの選の的確さのおかげでその時代に前句付がめっちゃ流行って、いろいろあったのちにジャンルの名前になった。

変だなあ。

変だよね。川柳の歴史は柄井川柳が登場した一七五七年から数えるから、今年で二六六年目だよ。

二六六年！　思ったより長いね。

その間に実はいろいろあったんだよ。「新川柳運動」[3]とか「新興川柳運動」[4]とかね。

「新」とか「新興」とか、刷新しようっていう気概はすごい伝わってくるね。

これらの運動は方向性は違えど川柳を「文学」にしようっていう意志は同じくしていると思う。せんりゅうの言葉を借りれば、川柳を「ありがたいもの」にしようっていうことさ。

そういう人たちもいたんだね。

いたにはいたけど、その試みが短歌や俳句ほどうまくいかなくて、今の川柳があるっていうかんじかな。

なるほどねえ。

（そしてきみを「せんりゅう」と名付けたのも他でもなく、わたしのもとで江戸時代以来の「川柳ブーム」の立役者にまつりあげるためなんだ！　ジャンルの第一人者が宇宙人だなんてかっこいいから、みんな川柳をやりたくなるに決まっているもの。そして「新川柳」でも「新興川柳」でもない「ＮＥＯ川柳」[5]運動の火蓋を切るのさ！）

くしゅん！　なんだか寒気がしたような……。

いけない、クーラーの風に当たりすぎたのかな？

だんだん川柳のことが気になってきた。ねえ、クレダのお気に入りの川柳を読ませてよ！

もちろん！

川柳との出会い

わたしが最初に出会った川柳人である小池正博さん[6]の作品を紹介するね。

島二つどちらを姉と呼ぼうかな

小池正博

声紋が同じ動物ビスケット
調律は飛鳥時代にすみました
君がよければ川の話をはじめよう
気絶してあじさい色の展開図
これからは兎を食べて生きてゆく

な……、なんじゃこりゃあ〜っ！

わかるよ。

わからん！

そうなるよね。

ニホンジンはこんな川柳をそらんじているの⁉　こわい！　宇宙に帰りたいよ〜。

あ、違う違う。一般に愛誦されている川柳はこういうの。

本降りになって出てゆく雨宿り　古川柳[7]
俺に似よ俺に似るなと子を思ひ　麻生路郎[8]

ぬぎすててうちが一番よいという　岸本水府[9]

こっちはまだ言ってることがわかる！

一口に「川柳」といっても、中身はぜんぜん違うんだよね。だから先に紹介したような川柳を「現代川柳」といって区別したりもする。

クレダは区別されている方の「現代川柳」が好きなの？

そうだね。わたしが書いているのもいわゆる現代川柳だよ。

そもそも、クレダはどうやって現代川柳を知ったの？　さっきの話を聞く限り、現代川柳はそもそも出会う機会が相当限られているんじゃない？

ご明察。わたしは本屋さんのフェア[10]で偶然小池さんの句集に出会ったんだ。

なんのフェア？

歌人の瀬戸夏子さん[11]の選書フェアでね。推薦文からも川柳の現状が伝わってくるよ。

この句集が「川柳」であると知って、手にとることを躊躇する、やめようとする人にこそ、絶対にこの句集は読まれてほしい。私はこの句集に出会うまで、世間に流通する川柳のイメージとはまったく異なる、自在で軽やかな「詩」型が存在するということをほとんど理解できていなかった。

川柳にはパブリックイメージとは違った領域があるけど、ぜんぜん知られてないってことね。

当時わたしは短歌サークルと俳句研究会に所属している大学生で、短歌も俳句も書けなくて悩んでいたんだ。

それで短歌の本も俳句の本もいっぱい持ってるんだね。

もともと短歌を読むのが好きでね。でも、短歌サークルに入って読むのが好きなことと作るのが好きなことは違うってわかったんだ。

そういうもんなのかあ。

「短歌は三十一音もあって長いから作れないんだ」と思って俳句研究会にも入ってみたけど俳句もだめで……。

（三十一音、長いかな？）

そんな折にはじめて小池さんの川柳と出会って、ありきたりだけど雷に打たれたような衝撃を受けたんだよね。

へえ〜。

あと、なんとなく「自分でもできそう」って思った。

えっ。「自分にはできない」って打ちのめされるとかじゃなくて、「自分でもできそう」って思ったの？

打ちのめされたけど、「自分にはできない」とは不思議と思わなかったかも。

ふーん。なんだか逆な気がしちゃうけど、そうだったんだ。

わたしは「自分でもできそう」ってすごく大事な感覚だと思うんだよね。で、ちょうど瀬戸さんと小池さんがイベントをするって告知してたから、行ってみることにしたんだ。

グッドタイミングだ。

そうなんだよ。そしてそのイベント[12]ではじめて川柳を作ることになった。そのとき作った川柳がこれ。

印鑑の自壊　眠れば十二月

わからんけど、まあ現代川柳ってそういうものなんでしょ。

飲み込みが速い。

続けて。

それでね、イベントの後半の「ミニ句会」で、小池さんも瀬戸さんもこの句を選んでくれたんだ。

おお〜！　最初にそういうことがあると弾みがつきそう。

ビギナーズラックってやつだよね。このイベントを経て、みごとに「わたしは川柳をやっていくんだ」って思ったし。

素直だね。実際に川柳を作ってみて、「自分でもできそう」っていう予感は当たっていたの？

そうだね。やっぱり自分が書いたものを認めてもらえてうれしかったし、川柳を作るのはすごく楽しかったんだ。

短歌と俳句はできなかったのに、どうして川柳はできたんだろう？

うーん、わたしが川柳の天才だったからかな……。

真面目に答えてよ。

それは冗談だけど、川柳は気楽で、自由なかんじがしたんだよね。

気楽で、自由？

短歌や俳句はサークルで作品を読み合う会に提出するために作品を作っていたから、その場で「どうしてこの言葉を使ったのか」を説明できなきゃいけないっていうプレッシャーがあったんだ。

参加したことがないからわからないけど、そうなんだ。

でも、実際はそんなに深いこと考えて作品を書いてるわけじゃないでしょ。さっきの句に「十二月」って書いたのも、せいぜい「五音だし、十二月って書きたかったから」程度の理由しかないわけ。

ほぼなんにも考えてない！

川柳ではそういうのが認められる空気があるって感じたんだ。

わかったような、わからなかったような……。でもさ、今の話だとサークルの会のために作品を作るのがクレダには合ってなかっただけっていう可能性もあるんじゃない？

たしかに、サークル活動のためだけに短歌や俳句を作ってたのも良くなかった。最近はたまに楽しみのために短歌を作ることもあるよ。俳句は作れないままだけどね。

定型詩は不自由？

あれ⁉

どうしたの？

こっちの本に載っている文章は、五七五でも五七五七七でもないよ！

ああ、それは音数が決まっていない「自由詩」だからね。

なーんだ、音数が決まっていない詩もあるの。地球人は詩の音数のことばっかり考えてる変な生命体なんだと思ってたよ。

音数を気にして詩を書いてるのは日本語ユーザーのなかでも一部の人たちさ。

そうだったんだね。でもさ、さっきクレダは川柳に自由を感じたって言ってたよね？

うん、言ったよ。

音数が決まっていない詩を「自由詩」と呼ぶなら、音数が決まっている詩は「不自由詩」じゃん。

それが、一概にそうとも言えないんだよ。

どうして？

わたしは**定型のことを「枷」じゃなくて「乗り物」だと思ってる**んだ。

乗り物？

そう、人間が一人ではたどりつけない場所に連れて行ってくれる乗り物だよ。

飛行機や潜水艦と同じってこと？

大げさに言えばそうだね。

でも自分の考えを思った通りに書けないなんてやっぱり不便な気がしちゃうけどな。

自分の考えを思った通りに書くことを自由だと考えるなら、たしかに音数の制限は不自由だと感じられるかもしれないね。でも自分の考えたことしか書けないなんて不自由だって考え方もあるじゃない？

ええ？　ニンゲンは自分の考えや気持ちを表現するために言葉を使っているんじゃないの？

そういう側面もあるけど、それだけじゃないよ。それに、自由詩だってルールはあるんだ。

そうなの？

たとえば、わたしが好きな「忘れっぽい天使」[13]っていう詩をみてみよう。

忘れっぽい天使

谷川俊太郎

くりかえすこと
くりかえしくりかえすこと

そこにあらわれてくるものにささえられ
きえさっていくものにいらだって
いきてきた

わすれっぽいてんしがともだち
かれはほほえみながらうらぎり

すぐそよかぜにまぎれてしまううたで
なぐさめる

ああ　そうだったのか　と
すべてがふにおちて
しんでゆくことができるだろうか

さわやかなあきらめのうちに

あるはれたあさ
ありたちはきぜわしくゆききし
かなたのうみでいるかどもははねまわる

すてきな詩だね。この詩にもルールがあるの？

わたしたちがふだん読み書きしている文章はこんなに改行しないでしょ。ここには自由詩特有の「行分け」っていうルールがはたらいているんだ。

自由詩は、必ず行分けをしなくちゃいけないの？

行分けをしないで普通の文章みたいに書く詩は「散文詩」って呼ばれるよ。散文詩にだってルールがないわけじゃない。

普通の文章なのにルールがあるの？

当たり前すぎて意識しないだけで、わたしたちはいくつものルールを守ってやっと「普通の文章」を書くことができているんだよ。句読点の打ち方とか、最低限のてにをはの使い方とかね。

言われてみればそうかあ。

「ルールのない詩」なんて存在しない。定型詩だけにガチガチのルールがあると考えるんじゃなくて、**定型詩、自由詩、散文詩にはそれぞれ別のルールがはたらいている**と考えるのがいいんじゃないかな。

なるほどねえ。

（あと、べつに五七五ってそんなにちゃんと守らなくていいし……。これはまたべつの機会に説明しよう）

サードプレイスとしての川柳

ていうか、クレダが書いたっていう本をみせてよ。

なんだか恥ずかしいな。

いいじゃないの。

わたしの本はこれだよ。去年『ふりょの星』[14]っていう句集を出したんだ。代表句が帯に書いてあるよ。

良い寿司は関節がよく曲がるんだ
いけにえにフリルがあって恥ずかしい
県道のかたちになった犬がくる
観覧車を建てては崩すあたたかさ
銀色の曜日感覚かっこいい
ティーカッププードルにして救世主
未来はきっと火がついたプリクラ

予想はしてたけどぜんぜんわからない。

そういうもんだと思ってもらえたらいいよ。

書いた人の体験や気持ちが伝わってくるような作品ならすぐに良さがわかるのに。

どうしてクレダはそういうのを書かないの？

あえて書くまいとしているんじゃなくて、書けないんだよ。

そんなことある？　こんな荒唐無稽なことを書くよりも、自分のことを書く方が自然じゃないか。

うーん。わたしが短歌に向いてなかったのはそこがポイントでさ。短歌にもいろいろあるけど、やっぱり「自分の体験や気持ち」を書いた方が良さそうな空気が強いように感じたんだよね。

それだけそういうことを書きたい人が多いってことでしょ？　どうしてクレダは自分のことを書きたくないの？

自分のことを書くのが「自然」だっていう前提はいただけないな。

どうして？

だって、自分の体験やそれに伴う気持ちを言葉にできるまでにかかる時間は人によって違うからね。

時間？

そう。たとえば悲しいことがあったとき、書くことで癒すっていう方法もたしかにある。でも、ショックが大きければ消化するのにも時間がかかる。そのことが腑に落ちて、整理して語れるようになるまでに何十年もかかることもあるんだよ。

そういうものなのかあ。

だから、**今のわたしにとっては自分のことを書くよりも書かない方が自然**なんだ。自分のことを書かないのがかっこいいとか思ってるわけでもない。

なるほどね。でも不思議だなあ。それなら、クレダはいったいなにを書きたくて川柳を書いてるの？

書きたいことはないよ。

そんな⁉

「書きたいことがあるから書く」っていう人もいるし、もしかしたらそれが多数派かもしれない。でも、そうじゃない書き方もあると思うんだよね。強いて言えば、わたしは「川柳を書きたい」んだよ。

ふーん。どうして川柳なんだろう？

川柳に出会って、手に入る範囲でいろいろ読んだとき、「わたしは川柳からなにかを受け取った」って思ったんだ。だから、受け取ったものを誰かに手渡したいんだよね。誰にかはわからないんだけど。

抽象的だなあ。

まあ、短歌サークルに入ったはいいけど自分のことが書けなくて困ってた大学一年生のとき、それなりに心細かったからさ。たとえばそういう人のために川柳っていう選択肢が身近にあるといいなって思うんだよね。

「わからない」があたりまえ

あと、せんりゅうに読んでほしいのはわたしが大ファンの我妻俊樹さん[15]の歌集かなあ。我妻さんは短歌だけじゃなくて川柳も書かれるんだよ。

うーん、難しい……。クレダはこの人の書いてることがわかるの？

いや、わからないところもあるよ。

それなのに好きなの？

うん。**「わからない」ってことと「作品に魅力を感じない」ってことはぜんぜん違う**からね。

そうなの？

そうさ。たとえば、この短歌を読んでどう思う？

頭がよすぎて学校がいらなくなって両手に食べかけの鳩サブレー　　我妻俊樹

わからない。けど、わからなすぎて一周回っておもしろいかも。

でしょ。「わからない、かつおもしろい」っていう評価はありえるんだよ。

でも、いいのかなあ。わからないのにおもしろいだなんて、無責任じゃない？

そうかなあ。「どこがどうおもしろいか説明できないとおもしろいって言っちゃいけない」なんて思わなくていいんだよ。

そうなの？　たとえば、クレダはこの歌のどこがおもしろいと思うの？

学校って頭がよくなったらいらなくなるようなものではないでしょ。それなのにあえて「頭がよすぎて学校がいらなくなって」と書いてみせることによって、学校が決して「頭をよくする機関」などではなく、少なくとも義務教育の間は通い続けなければいけない理不尽な機関であることを浮き彫りにしてるところがおもしろいよね。

ほかには？

「両手に食べかけの鳩サブレー」もおもしろいね。

そんなかんじでいいんだ。

うん。詩を好きになるのなんてこんなかんじでいいんだよ。

それにしても、「わからなくておもしろい」なんて上級者みたいなかんじがしちゃうけど……クレダははじめからわからない詩を好きになれたの？

ううん、慣れもあるよ。詩を読み始めて時間が経って、読んだ数が増えてくると、だんだんわからないのがおもしろくなってくる。はじめのうちは戸惑うのも無理はないよ。

それを聞いて安心したよ。

でも、わたしはわからないことへの忌避感はわりに少ない方だったかもしれない。わたしにとっては「わからない」って珍しいことではなくて、むしろあたりまえのことなんだ。

わからないのがあたりまえ？

うん。自慢じゃないけど、わたしは子どものころからわからないことだらけだったんだよね。

本当に自慢じゃないね。

小学生のときはみんなが見ているテレビのお笑い番組がわからず、中学受験で進学校に入ったらふつうに勉強がわからず。

ありゃりゃ……。

中高と女子校で、共学の大学に入ってはじめて恋愛イベントみたいなのが身近に感じられるようになったんだけど、わたしは恋愛感情がないから周りでなにが起こっているのかどうもわからなくて。

「地球便覧」で学んだよ。恋愛感情がない人のことを「アロマンティック」[16]って言うんでしょ。

(「地球便覧」なんてものがあるのか。気になるな)
そう、それ。わたしは小学生のときまでは恋愛感情があったはずなんだけど、なぜか途中でなくなっちゃったんだよね。

ふーん、そういうヒトもいるのかあ。

とにかく「その場で望ましいとされている行動ができないし、どうしたらいいのかもわからない」っていう感覚がずっとあった。最近読んだ梶谷真司さん[17]という人の本にこんなことが書いてあってね。

> 学校をはじめ、世の中では、いろんなことを学んで分かることを増やし、分からないことを減らすのがいいとされる。哲学はその真逆である。分からないことがたくさんあれば、それだけ問うこと、考えることが増える。だから、どんどん分からなくなるのがいい、というのが哲学なのだ。

「わからないことだらけ」って世間的にはよくないことなんだよね。でも、わたしは哲学もしてないのにわからないことだらけだったわけ。

お気の毒に。

だから、わたしは「わからない」作品を読むとむしろ勇気づけられるんだよね。

勇気づけられる？

うん。さっきも言ったとおり、わからないことがあるのは世の中的にはよくないことだからね。わからなくても、せめて「わかっているふり」をしないといけないんだ。でも、「わからない」作品は「わかっているふり」とは無縁でしょ。「わかっているふり」をやめるという危険をおかして「わからない」ことをさらけだす態度がわたしを力づけてくれるんだ。

(なんか変な地球人に拾われちゃったなあ)

いっぱい話したら疲れたね。今日は川柳の話はここまでにしてアイスでも食べよう。

アイスってどういう食べ物?

冷たくて甘いんだ。これはバニラ味。せんりゅうの口に合うといいけど。

◎$×★●♯&¥♪※

せ、せんりゅう!?

おいしい〜〜〜〜〜〜〜〜!!

そんなに!?

すごくおいしいよ!　宇宙を思い出す、なつかしい味だよ!

き、気に入ってくれたならよかったよ。

もっと食べたい！

食べおわるの速⁉

ねえ、街中のバニラアイスを買ってきてよ！

えええ〜⁉

1　たなべ・せいこ＝一九二八〜二〇一九。川柳をこよなく愛し、小説『道頓堀の雨に別れて以来なり—川柳作家・岸本水府とその時代』（中公文庫／二〇〇〇）、エッセイ『川柳でんでん太鼓』（講談社文庫／一九八八）などを著した。

2　からい・せんりゅう＝一七一八〜一七九〇。人の名前がジャンルの名前になってるって、どういうこと？と未だに思う。

3　明治三十五年〜大正改元のおよそ十年ほど、阪井久良伎、井上剣花坊を中心に新聞の川柳欄を中心に展開された運動。「狂句」を否定し、江戸川柳への回帰を唱えた。

4　大正十年代〜昭和十年前後に起こった。内容は一枚岩ではなく、田中五呂八を中心とする純詩派と森田一二を中心とする社会主義リアリズム派は激しく衝突し、活発に議論をした。

5　バンド「CHAI」の「NEOかわいい」にならって『ふりょの星』の背帯に書いてもらった。わたし（クレダ）しか言っていないし、わたしもそんなに言っていない。

6 こいけ・まさひろ＝一九五四〜。同人誌「川柳スパイラル」編集発行人。句集『水牛の余波』（邑書林／二〇一一）『転校生は蟻まみれ』（編集工房ノア／二〇一六）『海亀のテント』（書肆侃侃房／二〇二二）評論集『蕩尽の文芸』（まろうど社／二〇〇九）編著『はじめまして現代川柳』（書肆侃侃房／二〇二〇）。二十年ぶりに出た現代川柳のアンロジー『はじめまして現代川柳』には小池さんの川柳観がぞんぶんに反映されている。引用句の一〜三句目は『水牛の余波』、四〜六句目は『転校生は蟻まみれ』から。

7 江戸時代に書かれた川柳のこと。

8 あそう・じろう＝一八八八〜一九六五。「川柳雑誌」創刊。新川柳を提唱した「六大家」の一人。

9 きしもと・すいふ＝一八九二〜一九六五。「番傘」創刊。「六大家」の一人。

10 歌集『かわいい海とかわいくない海 end.』刊行フェア「瀬戸夏子を作った10冊」。二〇一六年二月、紀伊國屋書店新宿本店で開催。

11 せと・なつこ＝一九八五〜。歌人、批評家。歌集『かわいい海とかわいくない海 end.』（書肆侃侃房／二〇一六）編著『はつなつみずうみ分光器』（左右社／二〇二一）ほか。引用は評論集『現実のクリストファー・ロビン 瀬戸夏子ノート2009-2017』（書肆子午線／二〇一九）から。

12 二〇一七年五月六日、中野サンプラザにて行われたイベント「川柳トーク 瀬戸夏子は川柳を荒らすな」。

13 『クレーの天使』（講談社／二〇〇〇）収録。

14 暮田真名川柳句集『ふりょの星』（左右社／二〇二二）。「川柳のビッグバン!」（帯より）。

15 あがつま・としき＝一九六八〜。歌人、怪談作家、小説家、川柳作家。歌集『カメラは光ることをやめて触った』（書肆侃侃房／二〇二三）、平岡直子との共著『起きられない朝のための短歌入門』（書肆侃侃房／二〇二三）など。ブログ「深夜前夜日誌」もおすすめ。

16 他者に恋愛感情を持たない人や、その指向のこと。

17 かじたに・しんじ＝一九六六〜。東京大学大学院総合文化研究科教授。引用は『考えるとはどういうことか 0歳から100歳までの哲学入門』（幻冬舎新書／二〇一八）から。

DAY 1

【1日目まとめ】

- 川柳は五音・七音・五音の十七音で書かれた日本語の詩
- 川柳をマジでやってる人＝「川柳人」
- 書きたいことがなくても大丈夫
- 定型は枷ではなく「乗り物」
- 「わからない」をおもしろがろう！

2日目

いろんな川柳を読んでみよう

「サラ川」と現代川柳

クレダ！　おはよう！　朝だよ！

うーん……せんりゅう、おはよう……。

昨晩買ってきてくれたアイス、もう残り一個だよ！

うそ⁉　わたしが街中のスーパーとコンビニを回ってかき集めてきたスーパーカップが⁉

本当においしいねえ！　ぼく、地球に来てよかったよ！　アイスという食べ物に出会えたからね。

流しが空き容器でいっぱいだ……。

クレダ、夜中もパソコンに向かって作業をしていたよね。なにをしていたの？

え？　ああ。それはね、これを作っていたんだよ。

印刷機　べー

わあ、文字が印刷された紙が出てきた！

今日はせんりゅうと一緒にいろんな川柳を読もうと思ってね。

ぼくのために？　ありがとう！

わたしは昨日、川柳の現在を知る上で避けては通れないあることについてせんりゅうに話しそびれてしまったんだ。

ええ？　いったいなんだろう。

その名を「サラ川《せん》」[1]というよ。まずはこれを見てみて。

また値上げ　節約生活　もう音上げ　　健康奉仕

二〇二二年　サラっと一句！わたしの川柳　第1位

物価が上昇する「値上げ」と、音を上げるの「音上げ」でダジャレになっているのかあ。なんだかクレダは書きそうにないタイプの作品だね。

違いがわかるせんりゅうになってきたね。これはどう？

8時だよ‼　昔は集合　今閉店　　山のパン屋

二〇二一年（35回）サラリーマン川柳コンクール　第1位

会社へは　来るなと上司　行けと妻　　なかじ（34回）

これは……もしかして、二〇二〇年のはじめから地球を襲った「コロナ禍」の光景を書いてるんじゃない⁉

せんりゅう、時事ネタもわかるの⁉

えへん。「現代地球」[2] の知識が役に立ったよ。

じゃあ、これは？

我が家では　最強スクラム　妻・娘　　コラプシング（33回）

スクラム……？

さすがにわからないか。これは二〇一九年にラグビーのワールドカップが日本で開催されて盛り上がったことに由来する句だよ。「スクラム」はラグビーの代表的な型なんだ。

そこまでは知らなかったなあ。川柳には、そんなにコアな流行を扱ったものもあるの？

ものもあるっていうか……実は、**多くの人にとって川柳は「今年の主なトピックをダジャレまじりに五七五にしたもの」**なんだ。

ええ⁉

昨日ちょっと話した「川柳のパブリックイメージ」っていうのが、これなんだ。

（どうやらクレダと一緒にいると、いろんな物事について偏った知識を植え付けられてしまいそう……）

「サラ川」についてもうちょっと聞かせてよ。「川」は「川柳」でしょ。「サラ」はなんなの？

「サラ川」はもともと「サラリーマン川柳」といって、主に会社勤めの悲哀をおもしろおかしく五七五にしたものを募集していたんだよ。

二〇二〇年の句なんかまさにそうだよね。

二〇二二年から「サラリーマン」に限らず幅広い層から句を募るために「サラっ

と一句！ わたしの川柳」に改名したんだ。

間口が広がったんだね。

ちなみに「サラリーマン川柳」や「シルバー川柳」[3] みたいに**句のテーマを説明する「〇〇」がつく川柳を「属性川柳」と言う**よ。

ふーん。現代川柳にはサラリーマンを描いた句はないの？

いや、そういうわけじゃない。現代川柳にもサラリーマンの句はあるよ。

それは「サラリーマン川柳」とは違うの？

厳密に区別することはできないけど……読んでもらった方が早いかも。楢崎進弘さん[4] という人が、サラリーマンをテーマに句を書いているんだ。たとえばこういうの。

ネクタイの締めかたも鳥の名も忘れ
明日を思えばくちびる荒れる
みんな夢なのにだんだん腹がたってくる

楢崎進弘

なんか……暗いし、怒ってる！

さっき読んだ「サラ川」とは、書きぶりが全く違うでしょ。

「サラ川」は楽しげだったのに！

並べてみると対照的でおもしろいよ。たとえば、これらの句は「退勤後の過ごし方」について書いているという点で共通しているけど……。

五時過ぎた　カモンベイビー　USA《うさ》ばらし　盆踊り（32回）

残業がなければ川を見て帰る　楢崎進弘

ノリが違いすぎる。

「運動」について書いた句も比べてみよう。

スポーツジム　車で行って　チャリをこぐ　あたまで健康追求男（31回）

筋肉についてしばらく考える　楢崎進弘

運動っていうか、現代川柳の方は考えてるだけじゃん！

「サラ川」の方はサイクリングマシンこいでるだけマシだよね。

この違いはなんだろう？　どっちがサラリーマンの本当の姿なの？

どっちかが本当で、どっちかが嘘っていうことはないよ。一人の人がこの二つの状態を行き来することだってある。

そうなの？

ただ、「サラ川」にない**現代川柳の特徴は「普通」からこぼれ落ちていこうとするものに目を向けていること**だと思うんだよね。

「普通」からこぼれ落ちていこうとするもの？

そう。会社という場では、労働者が毎日働き続けることが「普通」なんだ。たとえば「残業」の句を読んでせんりゅうはどう思った？

うーん、残業があっても川を見て帰ればいいんじゃないのって思ったよ。川を見て元気が出るんだったらね。

そうだね。就業時間が終わったら「憂さ晴らし」をして、明日も働ける状態を維持するのが「普通」。でも、一方では回復のための行動をとる気力すらないほど疲れてしまっている人もいるんだよね。

元気を出すための元気がないってこと？

そう。そういう人の存在は「憂さ晴らし」で保たれる世界からは見えないものになってしまうんだ。

筋肉について考えてる人も元気なさそうだもんなあ。

社会の「普通」を書くのが「サラ川」、「普通から外れるあり方」を書くのが現代川柳。一言でいうならそういうことじゃないかな。

とりあえずわかったよ。

擬人化されたもなか

そこで読んでほしいのがこの「もなか」っていう作品だよ。

もなか

石田柊馬 5

縄跳びをするぞともなかは嚇かされ
先頭になるのを恐れているもなか
積まれても耐えろと叱られるもなか
潰れはじめたもなかの皮はお大事に
岬までの道をもなかはがんばって
グラフなどもなかに突きつけてみても
印鑑もサインももなかはきらいなり
号令をあびてひび割れるもなか
諄々とゴジラを諭しているもなか
鉢巻も襷ももなかの敵である
赤ん坊に　もなかの皮に　ある時間
落語など聴いて安心するもなか
もなかもなかもなか苦しい詩語がある

もなかの皮絶対他力をおもうなり
Wクリックしたなもなかを潰したな
山の向うにやさしいもなかが待っている

句がいっぱいあるし、全部に「もなか」が入ってる！

句が一つのテーマのもとに集められているものを「連作」っていうんだ。

う……！

大丈夫？

「縄跳び」「号令」「鉢巻」「襷」っていう単語を見ていたら、体育の時間を思い出して……。

せんりゅうの学校にも体育の時間があったの？

あったよ。兎跳びでグラウンドを二十周したり、背中に定規を入れられて、竹刀を持った教師に追いかけ回されたり……。

（いまどき日本でもそんなことやらないのに……）

変な言い方だけど、もなかの気持ちがわかる気がする。

変じゃないよ。この連作はまさにそういう効果を狙っているんだと思う。

そうなの？

うん。ついでに言えば、「グラフ」「印鑑」「サイン」「Wクリック」はビジネスシーンの言葉だよね。この連作ではもなかというモノを学校や会社という人間社会のシチュエーションに投じる「擬人法」が使われているんだ。

人間じゃないものを人間に見立てているっていうことか。

この連作のいいところは社会に蔓延する「忍耐」や「競争」の論理にもなかがいちいち傷ついてるところ。「潰れ」たり「ひび割れ」たりっていうもなかならではのリアクションがいいよね。

ぼく、「もなか」は好きだなあ。はじめてお気に入りの川柳ができたよ。

川柳は変身する

あれーっ⁉

どうしたの⁉

ぼくってこんな色だったっけ⁉

言われてみれば！　昨日は水色で透明だったのに今日は蛍光ピンクだ。

そういえば、地球の空気は僕たち宇宙人には合わないから同じかたちを保つのが難しいって習ったよ。

そ、そうだったんだ。

まあ色が変わるくらいいいか。

似合ってるよ。ちょうど**「変身」は川柳の大切なキーワード**なんだ。

そうなの？

なかはられいこさん[6]という人の句を読んでみよう。

朝焼けのすかいらーくで気体になるの
かつがれて春の小川になってゆく
ぼくたちは心理テストの中の樹だ

なかはられいこ

こっちはちょっと難しいなあ。どうしてヒトが「気体」や「春の小川」や「心理テストの中の樹」になるの？

「気体」と「春の小川」に関してはいちおうの説明ができるよ。二つとも「水」と関係がある単語でしょ？

言われてみればそうだ。

水は温度によってかたちを大きく変えるんだ。気体になったり、液体になったり、固体になったりしながらこの星を巡っている。これらの句はその「流れ」に憧れているんだと思うんだよね。

なるほど。

川柳を始めたころにこれらの句を読んで、人がなんにでも変身してしまう自由さに惹かれたんだ。わたしが生きる社会には「変身させまい」とする力が働いているからね。

どういうこと？

「制服」や「アンチエイジング」がわかりやすい例かな。これらは暗に「周りの人と違ってはいけない」というメッセージや、「昨日の自分と違ってはいけない」というメッセージを発しているんだと思うんだよね。

それって息苦しいかも……。

でしょ。だからこういうメッセージを全く意に介さないなかはらさんの句にパワーを感じたんだ。

なるほど。

でも、最近は「変身する」ことはただポジティブなだけではないような気がしてる。その裏には「マイノリティ」の問題[7]が潜んでいるんじゃないかと思うようになったんだよね。

マイノリティ?

「普通」じゃない人のこと。たとえば、地球では地球人が「マジョリティ」だから、宇宙人のせんりゅうはマイノリティだよ。

ぼくもそうなのか!

地球の空気が宇宙人に適していないように、マジョリティが過ごしやすい環境ではマイノリティがなんらかのしわ寄せを受けることになるんだ。

そうかあ。たしかに、宇宙では毎日見た目が変わるなんてことはなかったよ。

「変身できる」ことには希望があるけど、それは「変身させられている」と表裏一体なのかもしれない。その場合、「変身させる力」がなんなのかも考えなきゃいけないと思うんだよね。

うーん、むずかしい……。

川柳とフェミニズム

それでいうと、平岡直子さん[8]の作品はつねにマイノリティが引き受けるひずみを見つめていると思うな。

むしゃくしゃしていた花ならなんでもよかった　　平岡直子

どういう意味？

これはある無差別殺傷事件の犯人の「むしゃくしゃしてやった。誰でもよかった」っていう証言を下敷きにしている句なんだよね。

こわい……。

「誰でもいいから傷つけたい」と願う人も相当追い詰められているけど、その暴力の矛先は決まって弱い者に向かう。「花」はきれいだけど自分の意思で逃げたり抵抗したりすることができないでしょ。

ぷるぷる……。

これらの句にただよっている絶望感も「力の差」からくるものだと思うんだよね。

キックボードでかわいがる春キャベツ　平岡直子
一本の修正液で立ち向かう
白鳥のように流血しています

かわいがるってどういう意味？

この場合は「愛でる」っていう意味じゃなくて「いたぶる」「なぶる」の俗語的な表現だと思うな。

やっぱりこわい……。

やわらかい「春キャベツ」に対して「キックボード」には車輪がついているし、武器が「修正液」一本じゃどうにもならないでしょ。

負け戦だろうね。

「白鳥」にも「美しい鳥」のイメージはあるけど「強さ」のイメージはない。さっきの「花」と同じようなものと捉えていいと思うな。

ふむふむ。

美しいものにまつわる屈折した気持ちを句にしているのは平岡さんだけじゃないよ。久保田紺さん[9]という人の句も見てみよう。

金魚になってしまうからもう着ない　　久保田紺

「金魚」も「花」や「白鳥」と同じで「美しいもの」を代表してるのかな？

その通り。「金魚」はまさに「美しく改造された魚」なんだ。もともとはフナっていう地味な魚だったんだけど、鑑賞者の目を楽しませるためにどんどん品種改良されていったんだよ。

そんなにきれいなのか。きれいになるならいいんじゃないの？

きれいになるのはいいけどさ、自分が「人の目を楽しませるための存在」になっちゃうのは怖くない？

それはそうかも……。

人を「見られるための存在」にする装身具はいっぱいある。脚のラインをきれいに見せるハイヒールでは走れないし、くびれを作るコルセットをしていたら息がしにくいしね。

美しさのために機動性や快適さを犠牲にしなきゃいけないのか……。

昔から、美しくあることを求められるのは決まって女性だった。だから、平岡さんの句や久保田さんの句は第一に「女性」のことを念頭に置いているんだと思うんだよね。

そうなのかあ。

久保田さんの他の句も見てみよう。

かわいいなあとずっと端っこを噛まれる
罰金を払いひとりにしてもらう
あいされていたのかな背中に付箋

久保田紺

なんかひねくれてるなあ。

この「愛されること」についての屈託が久保田さんの句の優れたところだよ。「女性の幸せは愛されることである」っていう決めつけに対するカウンターになっているでしょ。

なるほど。

「かわいい」っていう一見肯定的な評価が実は加害と紙一重であることも書かれているしね。**川柳にもフェミニズム的に読める作品はある**んだよ。

「普通の家族」の呪縛

はじめて聞く話がいっぱいで、頭がパンクしそうになってきた……。

あとすこしだからがんばって！　最後のキーワードは「家族」だよ。

かあさんを指で潰してしまったわ　榊陽子[10]

父を食べ尽くして軽く口を拭く　広瀬ちえみ[11]

母さまのお口に詰める泡立草　なかはられいこ

えええ〜っ!?

はじめて読んだ人はびっくりするよね。現代川柳の一つの特徴として、**「家族をひどい目に遭わせがち」**っていうのがあるんだ。

どうしてなの？　ニホンジンは家族を大切にする人たちだって習ったのに……。

だからこそじゃないかな。ここで取り上げた三つの句が、どれも子から親へ向けた句であることに注目してほしい。これは「子は親を敬うべき」という考え方の真逆だよね。

そうだね、潰したり食べたりしちゃってるし……。

少し難しい話になるけど、「家族を大切に」「子は親を敬うべき」といった道徳は「儒教」の考え方からきたものなんだ。そういった価値観のもとでは、子どもは家族のしわ寄せを一手に引き受けることになる。これらの句は、そのことに異議申し立てをしようとしているんだと思うな。

意味もなくひどい目に遭わせてるわけじゃないってこと？

そうそう。他にこんな句もあるよ。

ぎっしりと綿詰めておく姉の部屋　石部明[12]

おかずに囲まれて窮屈な家族　倉本朝世[13]

なんかどっちの句も苦しそう……。

家族には「一家団欒」の温かいイメージもあるけど、そうじゃない家庭もやまほどある。「兄弟は仲良く」「夕飯は父、母、子どもが揃って食べるもの」みたいな観念はそれに当てはまらない人たちを苦しめるものにもなり得るんだ。従来の川柳は「普通の家族」の形を強化してきた側面があるから、こういう川柳もあるって主張しておくことは重要なんじゃないかと思ってね。

家族って簡単じゃないんだなあ〜。

じゃあ、今日はここまでにしよう。

はー、脳みそをいっぱい使ったよ。

おつかれさま。散歩でもしようかと思ったけど、この暑さじゃなあ。

でも、外の景色も見てみたいなあ。

うーん。ちょうどお祭りの金魚を持ち帰るときのための袋があるから、せんりゅうが小さくなって入れたら冷たい水に浸かったまま散歩ができるけど……。

小さくなれるよ。

なった！

おさんぽ！　おさんぽ！　帰りにアイスもたくさん買ってね！

（宇宙人のエンゲル係数高すぎる……）

1 第一生命主催の「サラリーマン川柳コンクール」。二〇二二年「サラっと一句！わたしの川柳」に改名。
引用句：https://eventdaiichi-life.co.jp/company/senryu/archive/index.html

2 宇宙人学校で配られる社会科の資料集らしい。せんりゅうは教科書が配られるとその日のうちに読んじゃうタイプだとか。

3 「有老協・シルバー川柳」。高齢社会・高齢者の生活に関する川柳を公募している。

4 ならざき・のぶひろ＝一九四二〜。川柳人。引用句は『現代川柳の精鋭たち』（北宋社／二〇〇〇）から。

5 いしだ・とうま＝一九四一〜二〇二三。川柳人。引用句は『石田柊馬集』（邑書林／二〇〇五）から。句会での活躍もよく知られている。「妖精は酢豚に似ている絶対似ている」や「杉並区の杉へ天使降りなさい」など、数々の伝説級の句がはじめは句会に出されたものだというから驚き。

6 一九五五〜。川柳人。伝説の句集『脱衣場のアリス』（北冬舎／二〇〇一）はウェブサイト「川柳本アーカイブ」で閲覧できる。声の細い「アリス」に対して、その二十一年後に出た『くちびるにウエハース』（左右社／二〇二二）に深呼吸のような大らかな句が並んでいることが、わたしに川柳を書き続ける勇気をくれた。引用句は『脱衣場のアリス』から。

7 あるジェンダー、セクシュアリティ、国籍、病気や障害を持っていることによって差別される人々のこと。

8 ひらおか・なおこ＝一九八四〜。歌人。歌集『みじかい髪も長い髪も炎』（本阿弥書店／二〇二一）。句集『Ladies and』（左右社／二〇二二）。平岡さんの短歌は絶望の存在を決して口にしないことが裏返しに絶望の底知れぬ深さを表しているのに対して、川柳には絶望が明け透けに書かれているのでどきどきする。読み比べてみると楽しい。引用句は『Ladies and』から。

9 くぼた・こん＝一九五九〜二〇一五。川柳人。引用句は『大阪のかたち』（川柳カード／二〇一五）から。

10 さかき・ようこ＝川柳人。『はじめまして現代川柳』（書肆侃侃房／二〇二〇）入集。川柳という肉を切った断面を見せられているような、生々しい句風が魅力。引用句は『金曜日の川柳』（左右社／二〇二〇）から。

11 ひろせ・ちえみ＝一九五〇〜。川柳人。句集『雨曜日』（文學の森／二〇二〇）収録の連作「三月のだった」はすぐれた震災詠。引用句は『広瀬ちえみ集』（邑書林／二〇〇六）から。

12 いしべ・あきら＝一九三九〜二〇一二。川柳人。耽美的な句風が特徴。句集『遊魔系』（詩遊社／二〇〇二）はウェブサイト「川柳本アーカイブ」で閲覧できる。引用句は『現代川柳の精鋭たち』（北宋社／二〇〇〇）から。

13 くらもと・あさよ＝一九五八〜。川柳人。句集『なつかしい呪文』（あざみエージェント／二〇〇八）。引用句は『現代川柳の精鋭たち』（北宋社／二〇〇〇）から。

DAY 2

【2日目まとめ】

・川柳のパブリックイメージの多くは時事ネタ＋ダジャレである！

・社会の「普通」を書くのが「サラ川」や「シルバー川柳」などの「属性川柳」

・現代川柳は「普通から外れるあり方」を書く

・テーマをもって集めた句＝「連作」

・「変身」は川柳の大切なキーワード

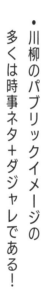

3日目

川柳ってどうやって作るの？

川柳という装置

クレダ、起きて！　大変だ！

うるさいなあ……。

起きろ、クレダ！

起きてください！

せんりゅうみたいな宇宙人が、三人⁉　頭がトゲトゲなのと、足がひらひらしてるのと……。

一大事だ！　記憶が戻ったんだよ！

それはいいけど、なんで三人いるの⁉

それがおれたちにもわからねえんだ。目が覚めたら三人いて、三人でアイスを食べてたら突然おれたちが地球に来た理由を思い出したんだよ。

すべてお話しします。

せんりゅうが地球に来たのは何かの罰なんでしょ？　最初にそう言ってたじゃん。

ぼくはそう思うけど、かれらはそうじゃないって言うんだ。

なにも悪いことしてないのに、罰だなんておかしいじゃねえか。おれは地球にバカンスに来て、仲間たちとはぐれちまったんだよ。

わたしが地球にやってきたことに理由などありません。わたしはただ隕石にみちびかれて地球に降ってきただけなのです。

三人とも言い分がぜんぜん違う……。

これじゃ埒があかないよ。こうなったらぼくたちが地球に来た理由を川柳にして、どれが一番良いかクレダに決めてもらおう！

望むところだ！

しかたありませんね。

川柳を争いの道具にしないでよ～っ。

――三十分後――

ぜんぜん作れない……。

クレダの句を見てたら、ぼくでも簡単に作れると思ったのに……。

あのねえ、川柳はただ日本語を五七五に当てはめればいいってもんじゃないんだよ。**川柳を作るのは楽器を弾くのと似てる**んだ。

そうなの？

そうなのか？

そうなのですか？

これからはせんりゅう、トゲトゲ、ひらひらのうち誰か一人が代表して返事をしてね。そこにある黒い袋を取って、開けてみて。

これ？　わあ、なかからアコースティックギターが出てきた。

そう。弦を弾いて音を出してみて。

こうか？

ギター　ボーン

そう。これが「ギターを使って音を出している」状態。でも、これではギターという楽器の真価が発揮されていない。ギターっていうのは……。

弾けますよ!

ギター (すばらしい音楽)

ひらひらには楽才があるんだね。こういうふうに、コードの知識があればただ弦を弾くよりもはるかに多様な音を奏でることができる。いくつかのコードを習得して自分で新しい曲を作れるくらいになってようやく「ギターが弾ける」という状態になるんだよ。

そうなのかあ。

「日本語を五七五に当てはめること」と「川柳を作ること」はこのくらい違うんだ。

なんだい、難しそうで嫌になっちゃうな。

なにも難しいってことを言いたいわけじゃない。**川柳のこともギターと同じ「装置」として捉えてみてほしい**んだ。目には見えないけどね。

川柳を装置として捉える? また抽象的だなあ。

川柳という装置でできることを知るためには、昨日みたいに実際に川柳を読んでみるのが一番。わたしたちはすでに川柳を作り始めているも同然だよ。

五七五じゃなくてもいい⁉

昨日から、一つ気になってたことがあるんだけど……でも聞いちゃいけないことかも……。

どうしたの？　聞いちゃいけないことなんてないよ。

クレダが見せてくれた川柳のなかには、五七五じゃないものがあるよね？　川柳って五七五じゃなきゃいけないんじゃないの？

ごめん、混乱を防ぐために言ってなかった。**実は、川柳は五七五じゃなくてもいいんだ。**

そうなの⁉

五七五じゃなくていい、どころか……これも実例を見てもらった方が早いね。たとえばこんな句があるよ。

おい思想だな
口もとを踏む
蘭体動物
湊圭伍[1]

みじか⁉　七音、七音、八音⁉

驚くのはまだ早い。なんと一音の川柳もあるよ。

「「「「「「蚊」」」」」」
川合大祐[2]

蚊のまわりに、かぎかっこがいっぱい⁉

そう。蚊が揺れながら飛んでいる様子とか、小さいのに気になっちゃう存在感みたいなのがよく表れてるでしょ。

本当に一音だ。記号を使ったりしてもいいんだね。

もちろんいいよ。記号だけの川柳もあるくらいだからね。

｜○｜○｜○｜○｜○｜○｜○｜◎｜○｜○｜○｜○｜　柳本々々3

極めつけだね！

ちなみに「蚊」の川合さんはこういう句も作っているよ。音数を数えてみて。

中八がそんなに憎いかさあ殺せ　川合大祐

五音、八音、五音……ですね。

そう、五七五の真ん中の七音が八音になっている川柳は「中八《なかはち》」といって忌避されることがあったんだ。

やっぱり、「五七五じゃなきゃいけない」っていう意識は根強くあるんじゃないか。

そういう場所もあるっていうくらいで、わたしは「五七五じゃない」って怒られたことは一回もないよ。

それも気になってたんだ。クレダの本には五七五よりちょっとだけ短い句がよくあるよね。これはなんなの？

かけがえのないみりんだったね
かつて農薬だったあなたも

こういうののことね。これは七音七音の**「七七」**[4]**という川柳の定型**なんだ。

五七五以外の形があるの⁉

七七を川柳に含めるかどうかは議論が分かれるらしいんだけど、わたしはしっくりくるからよく作ってるよ。

こういうのはどう説明するんだよ！　五七五のかけらもないじゃねえか！

コングラチュレーション　寝ない子　コングラチュレーション
☆定礎なんかしないよ　☆繰り返し

いやー、これも川柳だと思うんだけどなあ。

クレダは最初、「定型は枷じゃなくて乗り物だ」って言ってたよね。でもこういうふうに五七五からはみ出すっていうことは、やっぱり不自由を感じてるんじゃないの？

それは違うよ。自分のなかで定型と折り合いをつけることが大事なんだ。

たとえば、いま挙げたような句はクレダ的にはどう折り合いがついてるのさ？

まず「コングラチュレーション」は三つの部分に分かれてるし、最初と最後の音数が同じだから遠目に見たら五七五と同じでしょ。

遠目に見たら⁉

「繰り返し」は五音だから、最後の五音が合ってるからセーフ。

セーフ⁉

わかってほしいのは、定型を無視してるわけじゃないってこと。定型を無視して書くのはギターを持ってるのに弾かないくらい不自然なことだよ。でも、自分が**川柳という道具を使ってどういう音を出せるのかを探る過程でときどき五七五から外れることもある**のさ。

なんか良いように言ってるなあ。

話し言葉で書こう

ていうか、せんりゅうは何か書きかけてるじゃない。それ見せてよ。

えー、これはうまくできなかったから恥ずかしいよ。

一句目なんてそんなもんだよ。無理にとは言わないけど。

これだけど……。

バニラ味　いちばん好きな　甘味なり

えーっと……まず「一字あけ」を取ってみよう。

バニラ味いちばん好きな甘味なり

ちょっとシュッとした！

現代川柳の場合は**五七五の間（句切れ）の空白はいらない**んだ。これがなくなるだけでこなれて見えるでしょ。

つい「サラ川」に影響されちゃった。

あと、語尾の「なり」なんだけど……。

だめだった？

だめじゃないけど、**川柳は基本的に「口語」で書く**ものなんだ。

口語？

話し言葉のこと。昨日紹介した久保田紺さんも関西の話し言葉を使って川柳を書いている[5]よ。

うつくしいとこにいたはったらええわ
線路が曲がるくらいおこったはるねんて
久保田紺

関西の話し言葉と川柳が不思議とマッチしているなあ。

川柳がほぼ口語で書かれることも、短歌や俳句との大きな違いだね。短歌も俳句も文語と口語どちらで書かれることもあるから。

どうして川柳は話し言葉なんだろう?

どうしてだろうね。一つ言えるのは、**川柳が「庶民のもの」だったから**じゃないかなあ。

特別な教育を受けていなくても書けるっていうことか。

そういうこと。わたしも話し言葉で書くことにはこだわっているよ。

川柳アンテナを研ぎ澄ませ!

クレダさんは、いつもどのように川柳を作っているのですか?

わたしの場合は、使いたい単語を採集することから始まるよ。川柳に使いたい単語をＬＩＮＥのトークルームにストックするんだ。

わあ、単語がいっぱい。

いったいどこから拾ってくるんだ？

いろいろだよ。人と話していたり、音楽を聴いていたり、YouTubeを見ていたりして「これだ！」っていう単語に出会うと、頭のなかに雷が鳴るんだよね。

雷……？

そう。そしたらなるべく早く書き留める。本当を言えば、すぐに川柳にしちゃった方がいいんだよね。時間が経つと雷がどんなふうだったか忘れちゃうから。

なにを言ってるんだぜ……。

「川柳アンテナ」って言ってもいい。「この言葉を川柳にしたらおもしろいに違いない！」って思うんだ。たとえばこういうふうにね。

元の単語　ドア・トゥ・ドア
できた句　クリオネはドア・トゥ・ドアの星だろう

元の単語　ゴールデンタイム
できた句　ゴールデンタイムの角にぶつけたの

これらの句では、「ドア・トゥ・ドア」や「ゴールデンタイム」っていう言葉が本来の意味通りに使われてないよね？

うん。意味は二の次で、言ってみたいだけだからね。

それがクレダの句のわからなさにつながっている気がするなあ。

「ボカロ世代」の詩

意味は二の次で使いたい単語を使うのは、わたしが「ボカロ[6]世代」だからだと思うんだよね。

ボカロ？

うん。わたしが中学生だった二〇一〇〜一二年はボカロ史に残る名曲がどんどんニコニコ動画に投稿されていた時期なんだ。わたしが大好きなトーマさん、ハチさんの曲を聴いてみよう。

空中繁華街の雑踏　国境はパステル固め
フラッタ振動　原動力　耽美論
合法ワンダランダ　乱用
シスターの祈りもドラッグに
札束に賭ける笑い声

トーマ「バビロン」

廃材にパイプ　錆びた車輪
銘々に狂った　絵画の市
黄色いダーツ盤に　注射の針と
ホームベースに　縫糸の手

ハチ「パンダヒーロー」

おれたちが習った日本語の歌とぜんぜん違うぜ。

せんりゅうたちは日本語の歌を習ったことがあるの？

うん、「日本語」の授業で歌うんだ。美空ひばりの『川の流れのように』を歌ったよ。英語の授業で英語の歌を歌うみたいなかんじか。いま聞いてもらった曲の歌詞についてどう思う？

早口で、合成音声に慣れていない耳ではよく聞き取れませんでした。ミュージックビデオを見てようやくなにを言っているのかわかりました。

助詞がほとんどないし、一つ一つの単語の意味のつながりがはっきりと特定できるかんじでもないね。

そう。意味はよくわからないけどかっこいい単語が並んでいるでしょ。こういうのを昼となく夜となく聴いていたから、**言葉の意味が取れるかどうかって正直どうでもいい**と思ってるんだ。

クレダさんの原風景なのですね。

うん。わたしの川柳を根底で支えているものの一つだよ。ついでにいえば、ボカロも川柳と同じ一つの「装置」なんだ。

どういうこと？

ボカロという道具がないと生まれない表現があったってこと。さっきひらひらが言ってくれたように、ほとんど聞き取れないくらい早口だったり、人には出せないくらいの高音を使っている曲がふつうにあるんだ。そういうふうに作られた曲と、人間である美空ひばりが歌う曲では、詩の内容も当然変わってくると思わない？

言われてみれば……。

「人ではないもの」が、「人間の自然な感情」以外のものを歌っている。ボーカロイドが持つある種の「不自然さ」がわたしにとっては魅力的だったんだよね。

クレダ流川柳の作り方　①額縁法

クレダの思い出の話はわかったけどよ、そろそろ川柳の作り方を教えてくれよ。

作り方を教えるのは苦手だけど、がんばってみるよ。単語を採集したら、主に四つの方法で川柳にしていくんだ。

①額縁法
②コーディネート法
③逆・額縁法
④プリン・ア・ラ・モード法

プリン・ア・ラ・モード……？

一つずつ説明していくね。まずは「額縁法」。これは**使いたい単語の魅力がいちばん引き立つような額縁を仕立てる**イメージ。たとえばこれらの句がそうだね。

元の単語　全員野球
できた句　箱庭を全員野球でくみたてる

元の単語　月命日
できた句　託されて月命日のつかみ取り

「全員野球」ってなに？

「チーム全員で一丸となって頑張る」的な意味なんだって。本来は「試合に出ている選手だけではなく、ベンチにいる選手も含めて全員で力を合わせて取り組む」っていう意味の野球用語だよ。

「箱庭」はどこから出てきたんだよ？

「全員野球」はもともと「複数人で力を合わせる」っていうニュアンスのある言葉だから、基本的に一人でやることがいいんじゃないかなって思ったんだよね。

逆をいけばいいってことか？

簡単に言うとそうだね。「箱庭」ときたら「くみたてる」。ここはそのままだね。

「月命日」はどういう意味？

「故人が亡くなったのと同じ日にち」のことだよ。

こんなのいつメモするんだよ？

これは覚えてるよ。付き合って何ヶ月の記念日をお祝いするカップルの話を聞いて「月命日みたいだな」って思ったんだよね。

「託されて」と「つかみ取り」はどこからきたのですか？

なんだったかなあ。「つかみ取り」は単語のストックにあったんだよね。「託されて」は覚えてないけど、「月命日のつかみ取り」に付け足した時に夕行の音が自然に流れるように意識したんだと思うよ。

片方が決まると残りも考えやすくなりそうだね。

②コーディネート法

二つ目は「コーディネート法」。実は**川柳を作るのは洋服をコーディネートするのと同じ**だと思うんだよね。このやり方で作ったのがこれらの句だよ。

元の単語　選球眼
できた句　選球眼でウインクしたよ

元の単語　ティーカッププードル
できた句　ティーカッププードルにして救世主

二つの要素から句が構成されていますね。

よく気がついたね。俳句だと「取り合わせ」とか「二物衝撃」とか言われるやり方に近いのかな。

「選球眼」ってなあに？

野球のバッターが打つべき球とそうでない球を見分ける力のことだよ。

あれ？　野球用語、さっきも出てきたよね。

「全員野球」ね。野球のことはよく知らないから句にしやすいんだ。逆に、よく知っている単語では句が作りにくいよ。自分の思い入れが入ってしまうからね。

「選球眼」から「ウインク」を、「ティーカッププードル」から「救世主」を導き出すにはどうしたら良いのでしょう？

この二句は発想の飛ばし方がけっこう違うんだよね。「選球眼」に関しては、「眼」っていう文字が入っているでしょ? だから「目」に関連する単語のなかから「ウインク」を選んできた。洋服に喩えると、トップスとボトムスを同系色でまとめているかんじかな。

それに比べて、「ティーカッププードル」と「救世主」は一見なんの結びつきもないですね。

これはどちらかというと「にして」っていう接続詞が使いたかったんだよ。『薔薇の葬列』っていう映画の冒頭に「われは傷口にして刃、いけにえにして刑吏」っていうボードレールの『悪の華』の一節が掲げられるのをみて、正反対の言葉を強引に結びつけてしまう「にして」の魅力に取り憑かれたんだ。洋服でいうとベルトが主役のコーディネーションみたいなことかな。

元ネタみたいなのもあるんだね。

あとは、この句を作ったときは意識してなかったけど、兵頭全郎さん[7]の「たぶん彼女はスパイだけれどプードル」っていう句もあるしね。

川柳人はプードルが好きなのかな?

③逆・額縁法

三つ目は「逆・額縁法」。その名の通り先に**額縁があって、そこに何を飾るかを考える**、みたいなイメージかな。

穴埋めってことか？

ほぼそうなんだけど、形式上「穴埋め」じゃないものもある。たとえばこういう句がそうかな。

元の単語　またはそのさま。
できた句　ゴヤもいること。またはそのさま。

「またはそのさま。」は日本語の辞書でよく見かける表現ですね。

そうそう。その前はだいたい「○○すること。」って書いてあるでしょ。その雰囲気だけ流用しちゃおうっていう試みで作ったんだ。わたしのなかで「逆・額縁法」には明確に元ネタがあって、それが小池正博さんのこの句[8]だよ。

はじめにピザのサイズがあった　小池正博

「はじめに言葉があった」。『ヨハネによる福音書』の一節ですね。

そう。あまりにも有名なフレーズを一部分だけ書き換えてめちゃくちゃにしちゃう、その精神がパンクでしょ。あとは、この句もある意味では「逆・額縁法」と言えるかもしれないね。

おはようございます　※個人の感想です　兵頭全郎

「※個人の感想です」って、広告で見かけたことがある気がするぜ。どういう意味なんだ?

「肌が若返る」とか「目覚めがスッキリする」とか、なんらかの効能を謳う商品のコマーシャルにちっちゃく書いてあるやつね。あれは「使ったけど何の効果も得られなかった！」っていうクレームを予防するために書いてあるんだ。

みんなが使っている挨拶である「おはようございます」とは、なんだか無縁な気がするけれど……。

この句のすごいところは、「おはようございます」も「※個人の感想です」も作者の兵頭さんが考えた言葉じゃないところだよ。ありあわせの言葉だけを使って、「おはようございます」という挨拶の普遍性をなかったことにしてしまう。わたしもいつかこんな句を書いてみたいな。

クレダはこの句がだいぶお気に入りなんだね。

④プリン・ア・ラ・モード法

最後は「プリン・ア・ラ・モード法」。これは**好きな言葉をとにかく盛り込んじゃ**

おうっていう方法のことだよ。これらの句がそれにあたるかなあ。

元の単語　未来　プリクラ
できた句　未来はきっと火がついたプリクラ

元の単語　恋　筐体
できた句　恋すれば筐体になるときがくる

「筐体」の句は要素が二つだからコーディネート法じゃねえか？

まあ、そうなんだけどね。わたしのなかで「プリン・ア・ラ・モード法」は「大物」を扱うときに登場する方法なんだ。

大物？

この場合、「未来」とか「恋」とかだね。こういったある種チープな言葉は詩がぼやけてしまうから普通は使わない。だからこそ、こういう「大きい」言葉をあえて句に入れるっていう面白さもあると思うんだ。もちろん、ありきたりにならないように周りの単語で調整しなくちゃいけないけどね。

⑤寿司法

「単語ありき」の作り方はわかったけど、これだと一句作るのに必ず一つ以上の単語が必要なことになるよね？　クレダのストックしている単語がそんなに多いようには見えないんだけど。

ぎくり。実際、締め切りが近づいているのに単語が足りないっていうことはままあるよ。

だめじゃん。

そういうときのために**一つの単語でいっぱい作る方法**もある。「ＯＤ寿司」という連作は全ての句に「寿司」という言葉を入れたから、「寿司法」と名付けよう。

OD寿司（抄）

寿司として流星群は許せない
寿司ひとつ握らずなにが銅鐸だ
寿司ですよ今はカミキリムシですが
音楽史上で繰り返される寿司
寿司を縫う人は帰ってくれないか
良い寿司は関節がよく曲がるんだ
寿司それは飼い慣らされたアルマジロ
孵卵器の寿司を見てから帰ります
アサガオに寿司を見せびらかしていい？
弟的な寿司なのかなあ
「寿司だからさみしくないよ」「本当に？」
モナリザの肩の隣に寿司がある

これって、昨日読んだ「もなか」方式じゃないか！

その通り。石田柊馬さんの「もなか」を読んでわたしもこういうのを作りたいって思って書いたのが「ＯＤ寿司」だからね。ただ、一句一句でやっていることは「額縁法」と同じだよ。「寿司」という言葉のためにいくつもの違う額縁を作ってあげたっていうイメージだね。

寿司酔いしそうだぜ……。

（もちろん）自分の気持ちを詠んでもいい

どう？　できそうな気がしてきたでしょ？

でも、ぼくは……。

どうしたの？

ぼくは素直に自分の気持ちを書きたいよ。そういうのは、川柳ではやっちゃいけないの？

いや、**やっちゃいけないなんてことはないよ。**

本当に？

うん。時実新子[9]という川柳人は自分の「想い」を書くことを信念としていたんだ。

手が好きでやがてすべてが好きになる
ぞんぶんに人を泣かしめ粥うまし
ほんとうに刺すからそこに立たないで

時実新子

わあ、情熱的というか赤裸々というか。

新しい芸術は「前の時代への反発」を原動力として生まれる。川柳も例外ではなくて、今の現代川柳は時実的な「想い」を書く川柳への反発の上に成り立っているところがある。わたしはその影響を強く受けているから、自分の気持を書く川柳の作り方を教えることはできないんだ。

そうなのか……。

ピピピピピピピ

どうしたの⁉

召集がありました。わたしは行かなければなりません。さようなら。

ひらひら⁉　待ってよ！

スマホ　パポピパポペパポポ♪

今度はなに⁉

もしもし？　……そうか、わかった！　今から行く！

トゲトゲのスマホか。誰と話してたの？

はぐれた仲間から連絡があった。近くに来てるんだってさ。おれは行くぜ。あばよ。

トゲトゲまで！

行っちゃった……。いったいなんだったんだ……。

1 みなと・けいご＝一九七三〜。川柳人。引用句は『そら耳のつづきを』（書肆侃侃房／二〇二一）から。「海馬川柳句会」「海馬万句合」などオンラインで参加できる川柳句会を定期的に開催しているので、SNSをチェックするとよい。

2 かわい・だいすけ＝一九七四〜。川柳人。句集『スロー・リバー』（あざみエージェント／二〇一六）『リバー・ワールド』（書肆侃侃房／二〇二一）。とにかく多作で知られていて、『リバー・ワールド』の収録句数はなんと一〇〇一句。この記録を超えられるのは川合さんだけだろう。引用句は『スロー・リバー』から。

3 やぎもと・もともと＝一九八二〜。川柳人、詩人。第五十七回現代詩手帖賞。イラストレーターの安福望さんとの共著『バームクーヘンでわたしは眠った もともとの川柳日記』（春陽堂書店／二〇一九）は、プレゼントにも喜ばれそうなスペシャルな一冊。引用句は『はじめまして現代川柳』（書肆侃侃房／二〇二〇）から。

4 短句、十四字とも。

5 引用句は『大阪のかたち』（川柳カード／二〇一五）から。

6 合成音声技術ボーカロイドを使用した楽曲。わたしは「ワールズエンド・ダンスホール」（wowaka）、「東京テディベア」（Neru）、「カゲロウデイズ」（じん）などの楽曲をリアルタイムで聴いていた。

7 ひょうどう・ぜんろう＝一九六九〜。川柳人。句集『n≠0 PROTOTYPE』（私家本工房／二〇一六）。川合大祐、兵頭全郎、飯島章友、湊圭伍はその世代の「四天王」のように見える。このなかだと兵頭さんの句風にシンパシーを感じる。引用句は『はじめまして現代川柳』（書肆侃侃房／二〇二〇）から。

8 引用句は『水牛の余波』（邑書林／二〇一一）から。

9 ときざね・しんこ＝一九二九〜二〇〇七。川柳人。句集『有夫恋』（角川文庫／一九九六）が川柳句集としては異例のヒットを記録した。『有夫恋』を読んだ時はあまりに男女二元論的な世界観に辟易としたが、のちに『有夫恋』がわざとスキャンダラスに編まれた他選句集だと知り、『時実新子全句集』（大巧社／一九九九）に目を通して印象が変わった。読むのに二ヶ月かかったけど。引用句は『愛は愛は愛は』（左右社／二〇一九）から。

DAY 3

【3日目まとめ】

- 川柳を楽器と同じ一つの「装置」と捉えよう
- 定型を無視するのは不自然。でも、ときどき五七五から外れることはある
- 基本は口語（話し言葉）で書こう！
- 五七五の間（句切れ）の空白は不要
- 川柳で「やっちゃいけない」ことはない

4日目

Do 川柳 Yourself

ないものづくしの川柳界

しょぼん……。

（謎の宇宙人たちが嵐のように去って、さびしそう……）

せっかく友達ができたと思ったのになあ。

さびしくなったね。アイス食べる？　冷凍庫にあるよ。

今はいいや……。

そう……。

ねえ、クレダには「川柳仲間」がいたの？　何事も、仲間がいないと張り合いがないと思うんだけど。

うーん、最近はようやくできてきたけど、始めてから四年くらいはほとんどいなかったよ。年長の方々にはずいぶん目をかけてもらったけど、同世代の仲間ってかんじではなかったかなあ。

そうなの？　じゃあクレダはどうやって川柳を続けてこられたの？

じゃあ、今日は川柳界の現状とわたしがどうやって川柳を続けてきたかについて話そう。わたしが大学に入ってすぐに短歌サークルと俳句サークルに所属したことは前に話したよね。

うん、最初の方に言ってたね。

大学生の間はサークルの活動をモチベーションにする人が多い。自作を持ち寄って読み合ったり、先輩に手ほどきを受けたりね。まず、このサークルっていうのが川柳にはないんだ。

へえー。

ついでに言えば、中学高校の部活もないよ。俳句や短歌は「俳句甲子園」[1]「短歌甲子園」[2]っていう高校生のための大きなイベントがあったりするんだけど、そもそも現代川柳は教科書にも載っていないしね。

学校というものとずいぶん切り離されているんだね。

サークルに所属して活動していた人たちは、卒業後は「結社」[3]に入ることを検討する人たちもいる。結社っていうのは師匠について作品の選をしてもらったり、添削をしてもらったりする制度。サークルの次に集う場として大きな役割を果たしているけど、現代川柳にこういう組織があるかというと……。

雲行きが怪しくなってきたな……。

もちろんサークルや結社に所属しないで活動をする人たちもいる。その場合はネットや新聞に投稿することを主軸に作品を作ることが多いかな。短歌には「うたの日」[4]っていう歌を投稿して評をしあうためのサイトがあるけど、そういうのももちろん川柳にはない。

やっぱりね。

川柳〝も〟投稿していいサイトがないわけじゃないよ。「現代詩フォーラム」[5]とか、「口語詩句投稿サイト72h」[6]とかね。特に「72h」は奨学金制度をやっていたりもするから学生にはおすすめだけど……。

川柳に特化した場ではないんだね。

そうなんだ。新聞の柳壇は選者によるんだよね。現代川柳の人が選者をやっていたらいいけど……。

「サラ川」的な価値観の選者のところに現代川柳を投稿しても選ばれなさそう。

そういうこと。ところで、今まで紹介してきたような場で作品の発表を続けているとどんないいことがあると思う?

うーん、仲間と切磋琢磨して、腕を磨けるんじゃない?

なんのために腕を磨くの?

当たり前のこと聞かないでよ。他の人より良い作品を書いていたら、賞をもらえたりするんでしょ?

それが当たり前じゃないんだよ。現代川柳には賞がほとんどないからね。

あれもないこれもない、短詩界の吉幾三[7]じゃん。

正確に言えば「川柳マガジン文学賞」があるけど、短歌や俳句の賞ほど権威があるかんじじゃない。「川柳Z賞」[8]っていう賞も昔はあったんだけど、二十年近く前に終わっちゃってる。

そんな……。

というわけで、**現代川柳は現状かなり「始めにくく、続けにくい」環境**だと言わざるを得ない。

そんな環境でよく続けてこられたねえ。

人の言うことを聞くのが嫌だ

でもね、そう悪いことばかりじゃないんだ。むしろ、わたしの場合は川柳に結社とか新人賞とかがなかったからここまで続けられたと思うよ。

ええ？　自分の作品を評価してもらう機会がないなんて、心細くない？

結社や賞がないからって、他の人に作品を読んでもらう機会が全くないわけじゃないよ。句会をしたり、本を作ったりすればいいんだからね。それに、賞につきまとう「競争」のイメージがわたしにはどうしても嫌だったんだ。

それでやる気が出る人もいると思うけど……。

やる気が出る人は別にいいんだよ。でも、賞で問われるのは「作品の質」だけじゃないんだ。

どういうこと？

受賞作を決めるのは審査員だからね。作品の質はもちろんだけど、「審査員にどれだけハマったか」も同じくらい大事になってくる。審査員は賞によって違うから、「この賞ではこういう作品が好まれる」っていう暗黙の了解があって、受賞するために作品の方を調整することもある。

対策が必要ってことか。

その通り。尊敬する書き手が審査員をしているならいいけど、そうじゃないのに賞を取るために作品の傾向を変えるなんて本末転倒じゃない？

うーん、そうなのかなあ。

賞じゃない、尊敬する書き手に作品を見てもらえる場として「結社」がある。結社に所属したり賞に応募したりすることのメリットは、実際に作品を評価してもらえるということ以上に、「心のなかに先生（審査員）がいる」状態になるのが大きいんじゃないかと想像しているよ。自作に対して「先生（審査員）ならどう言うだろう」っていう視点が持てるんだ。

なるほど。

審査員の視線を正しく内面化すれば、賞を取るのも難しくはないだろうね。そのためにはまず審査員の言うことをよく聞かなきゃいけない。そんな頭が良かったり体力があったりしないとできないことは嫌なんだ。

嫌だっていう話だった。

それよりは、多少心許なくても自分の作品が発表するに値するのかどうか自分で判断した方がマシだよ。その場合は、**「内なる先生（審査員）」**じゃなくて**「内なる川柳」と対話をする**ことになる。

抽象的だよ～。

このさき川柳人口が増えれば新人賞ができる可能性はある。わたしが謳歌した自由は長くは続かないかもしれない。わたしは良いタイミングで川柳に出会えたんだ。

クレダにとってはそうだったんだね……。

全部自分でやっちゃおう

ただ、川柳を書きたい人にとって発表の場とモチベーションの確保が一つの課題になることは確かだよ。そこで必要になるのが**「DIY精神」**なんだ。

DIYってどういう意味？

「ぜんぶ自分でやっちゃおう」ってこと。今から話すわたしの川柳遍歴はその一例として聞いてもらえたらいいよ。小池正博さんと瀬戸夏子さんのイベントで川柳に目覚めたあと、わたしは小池さんが主催する川柳誌の会員になったんだ。

あれ？ それは「結社」じゃないの？

ううん、これは「同人誌」[9]だよ。小池さんがわたしの「師匠」っていうわけではないんだ。とはいえ年三回、八句投句だから、作品を作る機会としてはこれだけだと少ない。

たしかにねえ。

どうしようかと思っていたところに、短歌サークルの先輩からユニットを組んで「ネットプリント」を発行しないかと誘われたんだ。川柳を始めてから三年くらい、定期的にまとまった数の作品を発表できたことは大きな財産になったよ。短歌と川柳のネプリだったから、歌人から川柳の感想をもらえたりもしたしね。

ネットプリントってなに？

専用のサイトにデータを登録すると、全国のコンビニのコピー機で印刷できるようになるサービスのことだよ。印刷できる期限がだいたい一週間と決まっていて、手軽だけどちょっと特別感のある発表の仕方として利用されているんだ。

たのしそう！

そのあと、二〇二一年には「川柳句会こんとん」っていうのを立ち上げたんだ。これは年に一回参加者から句を募って、良かった人二人と月一回のペースで一年間メディアプラットフォームのnoteに作品を発表するっていう試み。他の人が作品を提出してくれているのにわたしが出さないわけにはいかないから、これで最低でも月十句は作れるっていうわけ。

え、クレダが人の作品を見て選ぶの？

偉そうって思った？

うーん……。

いや、無理もないよ。実際、川柳以外のジャンルだったら活動歴の浅い若手が作品を募集して選をするなんて考えにくいんじゃないかな。でも川柳には大きい賞もないし、誰でも自分で賞をやっちゃっていいと思うんだよね。だからまず自分がやってみたっていうかんじかな。

ＤＩＹってそういうことなのか。

そんなこんなで、句をたくさん作れないわたしでもなんとか定期的に作品を発表できてるんだ。

私家版句集を作ろう

発表する場のことはわかったよ。でも、毎月締め切りがあるなんて大変じゃない？　そもそもあんまり勤勉じゃないクレダが、なんのために川柳を定期的に作ってるの？

いい質問だね。**一番の目標は「句集をたくさん作るため」**だよ。

たくさん？　どうして？

川柳を始めてまもないころ、川柳人にはあまり句集を作る慣習がないって聞いたんだ。それならわたしは句集をいっぱい出したらおもしろいんじゃないかって思ったんだよね。

天邪鬼だなあ。

それはそうなんだけど、実際のところ川柳人は句集を全く作らないか、作ったとしても生涯に一冊、みたいな人が多いんだって。「川柳人の美学」といったらそれまでだけど、本のかたちになっていないものにアクセスするのってハードルが高いでしょ。川柳はせっかくおもしろいんだから、どうしてももったいない気がしちゃうんだよね。

なるほどねえ。それで、句集をたくさん作るっていうクレダの目標は実現できてるの？

まあまあかな。『ふりょの星』を商業出版する前に、『補遺』と『ぺら』という二冊の句集を私家版[10]で、つまり自分で出したんだ。

自分で本を出すこともできるの？

できるよ。川柳は句集を確実に商業出版できるルートがいまのところ存在しないから、とりあえず自分で作っちゃうのがおすすめ。

ふーん。私家版の句集を作ってなにかいいことはあった？

いっぱいあったよ。自分の作品が本の形になっているとそれだけでうれしいしね。『補遺』に関しては飯島章友さん[11]が批評会[12]を主催してくれて、平岡直子さん、柳本々々さんがパネリストをやってくれたんだ。その内容が『ふりょの星』にも活きているよ。

たとえば？

昨日紹介した「ＯＤ寿司」は今ではわたしの代表作みたいになってるけど、最初はそんなに気に入ってなかったんだ。

そうだったの？

うん。わたしにしては作るのに時間がかからなかったから愛着がなくて、時間をかけた他の作品よりも注目されることに内心納得がいってなかった。でも、批評会で平岡さんと柳本さんが「ＯＤ寿司」についてすばらしい鑑賞をしてくれて、やっと「良いのかも」って思い始めたんだよね。『ふりょの星』では巻頭に置いているよ。

地位が向上してる！

自分の作品のことは自分が一番よくわかってるって思いがちだけど、本当は全然そんなことないんだよね。他の人に読んでもらってはじめてわかることがたくさんあるから、そのためにも本のかたちにしておくことが大事だと思うんだ。

句集を人に読んでもらうのは楽しそうだねえ。

そうそう、せっかく句集を作ったらたくさんの人に読んでほしいでしょ。そこでおすすめなのが「文学フリマ」[13]に出店することだよ。

文学フリマってなに？

年に何度か、各地で開催されている同人誌の即売会のこと。小説やエッセイ、評論などジャンルは多岐にわたるんだけど、最近は短詩の勢いがすごいんだ。『補遺』を文フリで初売りしたとき、思ったよりも多くの人に手にとってもらえてうれしかったのを覚えてるよ。

へえー、そんなイベントがあるのかあ。

あとは、短詩の取り扱いに強い一部の本屋さんなら同人誌も置いてくれることがある。詩はふつうの本屋さんにはあまり置かれていないから、興味を持ったらそういう本屋さんに行ってみるのもいいかもしれないね。

ふむふむ。

自分で通販をするっていう手もあるよ。お互いの住所を明かさずにやりとりができるサービスもあるしね。わたしもBOOTH[14]で「くれだまショップ」っていうのをやってるよ。

お店やさんが一人で始められるんだね！

「川柳する」方法はさまざま

ここまでで、わたしが川柳を作る以外にもいろんなことをやってるってことがわかってもらえたかな。句集を作って売ったり、講座の準備をしたりするのには時間がかかるから、川柳を作ってる時間よりもそれ以外の時間の方が長いくらいかも。

意外だなあ。川柳を作るのがメインでそれ以外はサブなんだと思ってたよ。

個人的には、川柳を作るだけが全てだと思うのは避けたいんだよね。もちろん川柳を作るのは楽しいけど、できないときはしんどいだけだからさ。こういうふうに**川柳についておしゃべりしている時間も「川柳する」ことに含めたい**んだ。

「川柳する」かあ。

たとえば句集を作ると、手元にある句を全く違う角度から見直すことになるでしょ。作品の良し悪しもそうだけど、「この句には何が書いてあるのか」をはじめて考えてみたりもする。そのぶん川柳との関係が深まっていると言っても良さそうじゃない？

たしかに。

他にもいろんな「川柳する」方法があるよ。川柳が組み込まれた劇[15]を作った人もいれば、川柳を石に書いて展示[16]した人もいる。

劇!?　大変そうだなあ。

それはさすがに誰でもできることじゃないけど、川柳を始めるときのわたしみたいに気になる川柳のイベントがあったら行ってみたり、川柳句集を読んでみたり、それだけでもじゅうぶんだと思うんだよね。それどころか、川柳と関係ない本を読んで「これは川柳のことを言ってるんじゃないか」と思ったり、音楽とか絵とかに触れて「これって川柳っぽいかも」と思ったりすることも「川柳する」のうちだと思うんだ。

思ってるだけなのに？

うん。いまわたしのことを知っている人はきっと、単著やアンソロジーや講師の仕事がきっかけで知ってくれていると思うんだよね。それ自体はありがたいことなんだけど、「商業句集を出版できるかどうか」「カルチャースクールで講師をできるかどうか」ってある意味運というか、あまり自分の意志でどうにかできることではないじゃない？　それよりもまず「一人でもどのように自分と川柳との関係を充実させられるか」を考えた方が楽しく続けられると思うんだよね。

なるほどねえ。なんか気楽に考えていいのかもって思ってきたよ。

よかったよかった。あ、もうこんな時間か！

用事があるの？

うん、今日友達とご飯食べる約束してるんだ。悪いけど、テレビでも見てお留守番してくれる?

わかったよ! いってらっしゃーい。

1 正式名称は「全国高等学校俳句選手権大会」。正岡子規や高浜虚子の出身地である愛媛県松山市で毎年八月に開催される。

2 岩手県盛岡市で毎年八月に開催される「全国高校生短歌大会」や、宮崎県日向市で開催される「牧水・短歌甲子園」などがある。

3 一人もしくは複数の指導者を中心とした集団。結社誌を発行したり、歌会(句会)を行ったりして会員の作品発表の機会を作る。

4 ののさんが運営する短歌投稿サイト。http://utanohi.everyday.jp/

5 片野晃司氏が主催する詩の投稿とコミュニケーションのためのソーシャルネットワーキングサービス。

6 公益財団法人佐々木泰樹育英会が運営する短詩の投稿サイト。

7 よし・いくぞう=一九五二〜。歌手。代表曲『俺ら東京さ行ぐだ』は「テレビも無え　ラジオも無え　車もそれほど走って無え」の歌い出しで有名。

8 高田寄生木、杉野草兵が設立した川柳賞。二〇〇六年に第二十五回で終了。

9 結社が主宰を中心とするピラミッド型の組織であるのに対し、同人誌では同人間の立場はフラットである。

10 自費出版される書籍のこと。なかでもバーコードが付いておらず、一般的な書店には流通しないものを指す。

11 いいじま・あきとも=一九七一〜。川柳人、歌人。句集『成長痛の月』(素粒社/二〇二一)。ブログ「川柳スープレックス」では飯島章友、川合大祐、柳本々々といった面々の川柳にまつわる記事が読める。

12 一冊の本について意見を交換しあうイベント。二〜三人のパネリストが基調発表をし、その後参加者が発言や質問をする形が一般的。

13 文学作品の展示即売会。全国各地で開催されている。

14 pixivが運営するネットショップサービス。

15 二〇二二年八月十三〜十四日、Dr.Holiday Laboratory(派生)『シャッセナンビ』(作・演出:小野寺里穂)。

16 二〇二三年一月〜、ART DRUG CENTER「公共プール石」。

DAY 4

【4日目まとめ】

- 現代川柳には中心となる場がない
- そのぶん、DIYの楽しみがある
- 句集を作って人に読んでもらおう！
- 作品を読者に届けるための手段はいろいろある！
- 川柳を書くだけでなく、いろんなことを「川柳する」と呼ぼう

5日目

五七五クライシス

せんりゅうの反抗

（これは……桜の花びら？　夏だし、部屋のなかなのに？）

クレダ、目が覚めたんだね。

せんりゅう、どこ？

ここだよ。

これがせんりゅう⁉　どうして桜の木になっちゃったの？

「花」は春の季語[1]、なんだよね。

どうしてそれを……⁉

ぼく、見ちゃったんだ。**着物をきた先生が芸能人の俳句を添削する、あの番組**[2]をね。

（しまった！　わたしが出かけていた間、ちょうどあの番組の放送時間だったなんて！）

おかしいと思ってたんだ。クレダは川柳の話ばっかりで、俳句の話をちっともしてくれない。なんなら「俳句はルールでがんじがらめで楽しくない」みたいに言ってたよね。でも、昨日の番組はぜんぜんそんなことなかった。先生の添削で句が生まれ変わるのがぼくにもわかって、すごく楽しそうだったよ。

ぐぐぐ……。

先生の説明は明瞭でわかりやすかった。全国に弟子がいるのも納得だよ。クレダは川柳人口を増やしたいとか言うわりにぼくが作りたい川柳の作り方すら教えてくれないじゃないか。

ぎゃふん……。

それなのに、ぼくに勝手に「せんりゅう」なんて名前つけて！　ぼく、ぼく、俳句がやりたかったよ～！

俳句がやりたかったんか～い……。

しくしく……。

希望を聞かずに川柳の話ばっかりしたのはごめん。でも、俳句の作り方を教えることはできない……。

めそめそ……。

けど、わたしの体験から川柳と俳句の違いを話すことならできるよ。今日は俳句の話もしよう。

クレダは俳句が嫌い⁉

そんなの聞きたくないよ。クレダは俳句が嫌いなんでしょ？

嫌いじゃないよ！

本当に？

わたしが俳句の魅力に気づいたのは二年前なんだ。大学一年生で俳句サークルに入った時はわかってなかった。だから、当時の話は楽しくなさそうになっちゃってたかもしれない。

ふーん。二年前に、なにかきっかけがあったの？

青木亮人さんの『俳句の変革者たち』[3]を読んだんだ。NHKカルチャーラジオのテキストだから薄い冊子なんだけど、俳句の歴史がこんなに面白く簡潔にまとまった本があることにまず驚いた。それから俳句も読むようになって、わたしの本棚のここからここまでは俳句コーナーなんだ。

意外とあるんだね。

俳句のすごいところは、勉強のためのインフラが徹底的に整備されているところだよ。面白くないと思った本はすぐに読むのをやめちゃうわたしでも読める本がいっぱいあったんだ。とにかく母数が多いから、退屈だと感じた本を途中で投げやっても読むべき本がまだ山ほど残されているんだよ。

なるほど。

それが俳句と川柳の大きな違いでもある。**俳句は入門書や作り方本がとにかく充実してるけど、現代川柳には入門書や作り方本がほぼない**と言っていい。『宇宙人のためのせんりゅう入門』なんか絶対に読みたくないっていう人のための本がないんだ。

いまどんな気持ちなの？

読者としては、わたしは高浜虚子―岸本尚毅の師系[4]が好きなんだ。虚子は「ホトトギス」[5]っていう俳句の結社の主宰で、いわば俳句界のドンだよ。それで、せっかく俳句を好きになったことだし俳句を作ってみようと思ったんだよ。

きっと王道の俳句が書けるはずだよね！

それが、だめだったんだ。わたしが俳句を作ろうと思って書いた句がこれ。

冬晴やそれなら鰐を飼うといい
いっぱいに兎を積んだハイエース

いつもの川柳と同じじゃん。真面目にやってよ。

読むのと書くのは違ったんだよね。やっぱり、俳句を作るのは苦手……。

俳句は作り方本も充実してるんでしょ？　その通りに作ればこんなことにはならないんじゃないの？

「本を読んで、その通りにコツコツやる」っていうのが本当にだめなんだ。サークルですすめられた藤田湘子の『20週俳句入門』[6]も、すぐ嫌になってやめちゃったし……。

「二十週間で誰でも一定レベルの俳句が作れるようになる」なんて、めちゃくちゃ画期的なのに……。

とにかく、きみに俳句を教えるのは無理ってことはわかってもらえたかな。

どこからが俳句で、どこからが川柳？

クレダに期待するのはやめるよ。それにしても不思議だなあ。同じ五七五なのに、どうしてこうも違うんだろう？

「川柳と俳句は全く違う」っていうのも、実はあまり共有されていない前提だったりする。むしろ、同じ定型を持っているために「どこからが俳句で、どこからが川柳か」っていう議論が昔からあるんだ。**「柳俳論争」**[7] **とも言われている**よ。

ええっ。クレダの句を見ていたら川柳と俳句が似ているなんて全く思わないけど……。

わたしもそう思ってたけど、堀田季何《ほったきか》さんの『俳句ミーツ短歌』[8]ではわたしの川柳が「俳句と見分けがつかない句」として紹介されていたりもする。**なにを「川柳っぽい」と思い、「俳句っぽい」と思うかは人によって違うんだ。**

うーん。クレダはどう考えてるのさ？

川柳と俳句の違いって、あまり積極的に言及したい話題じゃないんだけど……。じゃあ、この二つの川柳と俳句を比べてみよう。

川柳　菜の花菜の花子供でも産もうかな　時実新子

俳句　夏みかん酢つぱしいまさら純潔など　鈴木しづ子[9]

川柳はこの前紹介してくれたトキザネさんの作品だね。

この二句は成り立ちが似てるんだよね。どちらも「植物＋気持ち」でしょ。ちなみに、「菜の花」は春の季語、「夏みかん」はもちろん夏の季語だよ。

っていうことは、二つとも「季語＋気持ち」ってこと？　季語って、俳句でしか使っちゃいけないわけじゃないんだね。

そう。まず、季語って思ってるよりもいっぱいあるんだよ。「滝」は夏の季語だし、「相撲」は秋の季語だしね。ぜんぶ避けてたら使える単語の幅がとても狭まっちゃうから、季語とされている言葉を川柳で使っちゃいけないなんてことはない。

じゃあ、「季語＋気持ち」という構造を持つ二句の片方が川柳で片方が俳句だってどうしてわかるの？　一つの言葉が俳句では「季語」になって、川柳では「季語」じゃないなんてことがあるの？　難しいなあ。

時実新子は川柳人でこの句を川柳だと思って書いた。鈴木しづ子は俳人でこの句を俳句だと思って書いた。それだけだよ。

それだけ⁉

もっと言えば、俳句に季語が必須かどうかも人によって考えが分かれるところなんだ。わたしがはじめて俳句に触れた大学のサークルでは季語と切れ字のある俳句が主流だったし、せんりゅうが見た番組もそうだと思うから、ここでは季語のある俳句の話をしているけどね。

俳句にもいろいろあるんだね。そもそも、季語ってなんのためにあるの？

わたしは**季語のことを「Wikipediaのリンク」だと思ってる**よ。リンクをクリックした先には、先人が蓄積した膨大な俳句と知識がある。俳人の友達が「『祭』という季語には『人が多い』とか『花火を見る』という情報があらかじめ入ってる。だから祭を詠む時に『人混み』とか『花火』について書く必要はない」って言ってたのが印象的で、この「あらかじめ入ってる」っていう感覚が季語の肝なんじゃないかな。その季語について何が言われてきたかは、まずは「歳時記」[10]で確認することができるってわけ。

「歳時記」、番組で言ってたよ！

俳人になるっていうのは、わたしには季語というWikipediaの編集者になる覚悟がいるように見えるんだよね。新しい俳句を書くためにはその季語で何が書かれてきたか、歳時記や過去の俳句を熟読して頭に入れる必要があるし、あんまりでたらめを書いてもいけないし……。

クレダの顔が曇ってきた……。

わたしはこの季語っていうシステムにどうしても馴染めなかったんだ。いちおう持ってた歳時記も、この前売っちゃった。

見てみたかったなあ……。

「上手くなること」が目標じゃない

たしかにあの番組はエンターテインメントとしても素晴らしいよね。川柳もあんなふうにできたらどんなにいいかとは思うけど、あれはやっぱり俳句ならではだと思うなあ。

どうして？　クレダも着物きてやったらいいじゃない、川柳の添削。

なんていうのかな、俳句は「教える／教えられる」的なパフォーマンスとにかく相性がいいし、「上達」することを善としている気がする。最初は「俳句らしい俳句」が作れなかった人が、師匠に「俳句らしさ」とは何かを教えられて、一人で「俳句らしい俳句」を作れるようになることが「上達」だからね。この「俳句らしさ」は、やっぱり季語とか切れ字のある俳句だから生まれるものだと思う。**これといっ**

たルールがない川柳は、どうしても「あれも川柳、これも川柳」になりがちなんだ。

ええ？　でも、上達するのが嬉しくない人なんていないんじゃないの？　クレダだって、六年も川柳を続けていたら最初よりも上手くなったって思うでしょ？

わたしは「川柳が上達したい」と思ったことはぜんぜんないよ。書き方はずいぶん変わったと思うけどね。わたしがはじめて作った川柳と、その五年後に作った川柳を比べてみよう。どちらも句会に提出した句だよ。

はじめて作った句　印鑑の自壊　眠れば十二月

五年後に作った句　外出をしながら道を減らしてく

たしかに、最初の句は体言止めが二つ続いていて、ぶつ切れなかんじ。五年後の句は一息で読み下せて、話し言葉的だね。

一見五年後の句の方がこなれてるように見えるけど、完成度が上がったかっていうと、別にそういうわけでもないような気がするんだよね。昔の句の方が詩的で良いっていう判断もあり得ると思うんだ。

どっちが良いとか一概には言えないかも。あとの句はくだけすぎな気もするし。

上達を目指すことが作品作りのモチベーションになることは否定しないけど、別にそれだけじゃないと思うんだよね。わたしは五年後の句の方が気に入っているけど、それは五年間で変化した川柳との付き合い方を反映しているから。「上手くなったから」ではないんだ。

川柳との付き合い方？

えーっと、長くなりそうだから、また別の機会に話すよ。

俳句と川柳の性格の違いはわかったけどさ。みんなで出かけて句を作るの、楽しそうだったなあ……。

もしかして、吟行《ぎんこう》のこと？

そう、それそれ。

吟行だったら川柳でもできるよ。

ええ？　景色を詠むわけじゃないのに？

それが、できるんだよ。明日はみんなで吟行句会をしよう。

みんな？

一昨日の宇宙人たちも呼ぼう。きっと呼んだら来てくれるよ。

楽しみだなあ。わくわく。

機嫌が直ったら、桜の木になるのはやめてもらえる? 花びらで散らかるから……。

しょうがないなあ～。

1 「花」ははじめ梅や桃を指し、のちに「桜」を指すようになった季語（晩春）。

2 芸能人の主に芸術分野における才能を専門家が査定し、ランキング形式で発表する某バラエティ番組。

3 『ＮＨＫカルチャーラジオ　文学の世界　俳句の改革者たち—正岡子規から俳句甲子園まで』（ＮＨＫ出版／二〇一七）

4 高浜虚子の弟子が波多野爽波、波多野爽波の弟子が岸本尚毅。『高濱虚子の百句』（ふらんす堂／二〇一三）は岸本さんの熱量が高すぎて、同シリーズの他の本に比べて文字が小さくておもしろい。

5 とてつもなく大きな俳句結社。一八九七年、正岡子規の友人の柳原極堂が雑誌を創刊。

6 藤田湘子『20週俳句入門』（角川学芸出版／二〇一〇）。「初心者でもこれを〝しっかり読み〟〝忠実に実践〟すれば、20週でひとかどの俳句が作れる実践書。」（紀伊國屋書店内容説明より）

7 俳句と川柳の違いに関する議論。川上三太郎の「どこまでが俳句か、俳句の方で決めてくれ。それ以外は全部川柳でもらおう」という発言はよく知られている。かっこいい。

8 堀田季何『俳句ミーツ短歌：読み方・楽しみ方を案内する18章』（笠間書院／二〇二三）

9 すずき・しづこ＝一九一九年～没年不明。俳人。句の引用は『夏みかん酢《す》つぱしいまさら純潔など』（河出文庫／二〇一九）から。

10 俳句の季語を集めて分類・整理し、解説や例句を載せた本。春夏秋冬に新年を加えた五季が一般的。

DAY 5

【5日目まとめ】

- 読む人によって「川柳っぽい」と「俳句っぽい」の境目は違う
- 季語＝Wikipediaのリンク
- 俳句は「教える／教えられる」的なパフォーマンスと相性がいい
- これといったルールのない川柳は「なんでもあり」になりがち
- 上達することがすべてじゃない

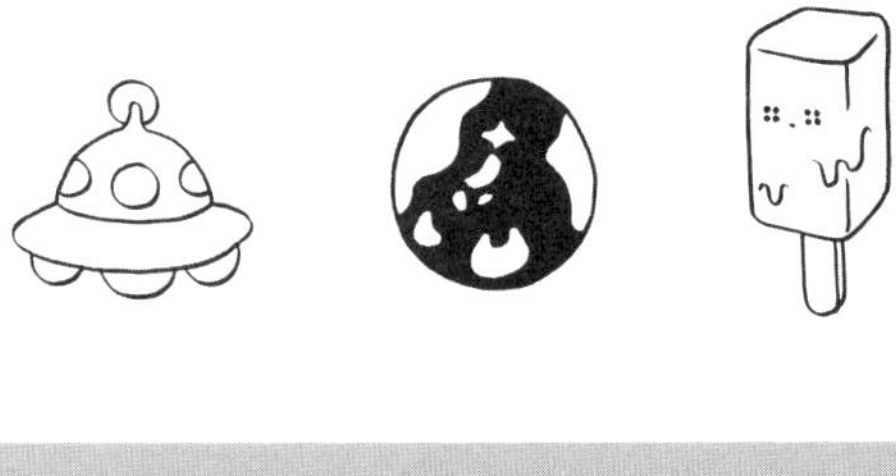

6日目

句会をしよう

吟行ってなに？

二人が本当に来てくれるなんて思わなかったよ。うれしいなあ。

おう、また仲間とはぐれちまって暇だったからな。

入り口には忍者型のポップコーンマシン、釣り堀には大きな鮫[1]……。たいへん興味深いです。

地球にはこんな場所があるのですね。

前から行きたいと思ってた場所なんだ。「吟行」[2]にうってつけでしょ？

うん！　変なものをいっぱい見たから、川柳が作れる気がするよ。

おい、吟行ってなんだ？

ええと、外に出かけて句を書くことだよ。

風景を描かないといけないのか？

一般的に「吟行」という場合はそういうものを指すけど、わたしは必ずしも風景描写をする必要はないと思ってるよ。たとえば、わたしは看板から文字を拾って川柳を作る「文字吟行」をしたことがあるんだ。薬屋さんの看板の写真からできたのがこれらの句だよ。

　眠れない夜は民族大移動
　きれいな声で捻挫しましょう
　たてまつる永遠のつきゆび

「眠れない」とか「捻挫」とか「つきゆび」とか、確かに薬屋さんっぽい！

もっと言えば、別に外に出かけていかなくてもいい。家で映画を観てその風景を句にしたり、本棚に並ぶ背表紙を眺めて句を作ったりするのも吟行って言えるんじゃないかな。

けっこうなんでもありなんだな。

「吟行＝自分の外にあるものにアイディアをもらって句を作ること」くらいゆるく捉えてくれたらいいよ。

川柳句会の二つのやり方

それじゃあ、二句できたら手元の「短冊」に書いて、十二時までにこの「投句箱」に入れてね。

短冊って、七夕のときに使う？

そう、**句を書くための細長い紙も「短冊」って呼ぶ**んだ。四人の句が出そろったらわたしが一枚の紙に書き写す。これを「清記《せいき》」っていうよ。その紙を人数分コピーして、それぞれが好きな句を選んで評を言うっていうのが一連の流れ。**「互選」**[3]**形式の句会の魅力は少人数でもできて、他の人の感想を聞けるところ**だね。

他のやり方があるのですか？

伝統的な川柳句会のやり方は「師選」[4]形式って言うんだ。参加者の句を一人の「選者」が読んで良かった句を読み上げるんだよ。

選者に読み上げられなかった句は読めないのか？

そうだね。

他の人の感想も聞けないのですか？

うん。他の参加者はもちろん、選者が句を選んだ理由も基本的にはわからないことが多い。最後に総評を言うことはあるけどね。

ええー。

わたしもはじめは「ええー」って思ったよ。短歌や俳句の集まりは互選が当たり前だから、自分の作品の評を聞けない師選は意義が薄いように感じた。でも師選句会の選者をさせてもらう機会があって、師選の句会と互選の句会は体験として全く別物で、どっちが優れているとか劣っているとか判断できるものではないと思うようになったんだよね。

そうなのか？

互選の句会に求めるものを師選の句会に期待するとがっかりしてしまうのは確かだけどね。**互選と師選の大きな違いは、「視覚優位」か「聴覚優位」か**ってこと。

視覚と、聴覚……ですか。

互選の句会の場合、参加者全員の句が紙で配られる[5]から、句を文字として受け取ることになる。そうすると、作者が表記や記号の使い方にも心を配っていることがわかる。たとえば「犬」という言葉一つとっても、「いぬ」とひらがなで書くのと「イヌ」とカタカナで書くのと漢字で書くのとでは、どれも印象がぜんぜん違うでしょ。

そうですね。カタカナで書くと「生物」としての側面が強調されるかんじがします。ひらがなだと書き手の思い入れが伝わってくるような。漢字がもっともニュートラルですね。

うんうん。一方、師選の句会は選者が読み上げる[6]句を耳で受け取ることになるから、表記の違いを感じ取ることはできない。句読点やかぎかっこなどの記号を使っていても、説明がない限りはわからないだろうね。

やっぱり、作者の意図が目で見てわかる互選の句会の方が良い気がしちゃうけど……。

それは詩の捉え方が視覚偏重になっているんだと思うよ。師選の句会と比べて互選の句会に圧倒的に欠けているものがある。それは会場にいる全員が選者の披講に耳を傾ける「ライブ感」だよ。あの瞬間、参加者はみんな推しのコンサート会場にいるみたいな気持ちなんじゃないかな。

推しのコンサート会場⁉

かくいうわたしが書くものも、完全に「視覚優位」の文化圏から生まれたものではあるんだけどね。川柳人の先輩であるなかはられいこさんが、わたしの句を見て「新しい世代が出てきた」と思ったんだって。わたしは伝統的な句会の影響を受けていないからね。

それはどこでわかるんだ？

というのも、句の「オチ」が最後に来ていないから。句を耳で聞く方式の句会では、意外性のある言葉を最後に置く方がオーディエンスの驚きが大きい、つまりリアクションがいいってことになる。必然的に、オチが最後にくる句が好んで書かれるようになったんだって。わたしの句はその反対で、意外性のある言葉が最初に登場することもあるでしょ。

なるほど〜。

句会っていうのは単に作った句を発表するための場所ではなくて、そのやり方が書かれる句の傾向を決めてしまうほど奥が深いものなんだ。

おもしろいですね。

川柳句会で言ってはいけないこと⁉

最近わたしが主催の句会で配布している「川柳句会の手引き」を持ってきたよ。

どれどれ。わあ、「ＮＧワードリスト」がある！

【ＮＧワードリスト】

「バカなので（わからない）」

「感性が乏しくて（わからない）」
「センスがなくて（わからない）」
「初心者なので（わからない）」
「合ってるかわからないんですけど」

とにかく「わからない」に続く言葉が多いな。

現代川柳の句会はどうしてもそうなりがちなんだ。「わかってもらう」ために書いてるわけじゃないものを読んで「自分はバカだ」とか「センスがない」とか落ち込んでほしくないんだよね。

「初心者なので」もだめっていうのは厳しくない？　言っちゃいそう……。

もちろん、集まった人たちでおしゃべりしているときはいいけど、評が難しい句に出会った時のエクスキューズにしてほしくはないな。さっきも言ったように、「わかってもらう」ために書いてないものが「わからない」のはある意味当たり前のことであって、「初心者だから」じゃないからね。

じゃあ、わからない句に出会った時はどうすればいいのさ？

言うことに困ったら

そこで、「言うことに困ったときに使える八つの切り口」も用意してあるよ。

【評の切り口八つ】

①この句は自分にとって**「わかり、魅力を感じる」「わかるが、魅力を感じない」「わからないが、魅力を感じる」「わからず、魅力も感じない」**の四つの領域のうちどこに属しているか。

②（①で「魅力を感じる」と答えた場合）魅力的に感じた部分はどこか。

③（①で「魅力を感じない」と答えた場合）なぜ魅力的に感じなかったのか。

④どういう「景」が浮かぶか。浮かばなかった場合、句のどういう要素が映像的な理解を妨げていると思うか。

⑤どういう「意味内容」を表現していると思うか。意味内容をとることができなかっ

た場合、句のどういう要素が意味内容の理解を妨げていると思うか。

⑥句の意味内容を理解するために、特定の知識を要すると思うか。その場合、どのような知識が必要か。

⑦句の表記（漢字やひらがな、カタカナの使い方）に作者の意図を感じるか。感じるとすれば、それはどのようなものか。

⑧句がどのような「構造」を持っているか。

「わからないが、魅力を感じる」こともありますよね。そういうことも言っていいんですね。

正直、わたしが好きな句はどれもこの領域のものなんだよね。**「評の言いやすい句」に流れて「本当に魅力を感じた句」をとれないっていうのも句会では起こりがちだけど、それはもったいないこと**だと思うな。

このリストを見ながら句会に臨んでみるとするか。

1

ビー玉が転がる音もわたしです

2

雨に糸目をつけないさだめ

3

鮫の歯でダイヤモンドを砕く午後

4

給餌とかしないでもらうことにした

5

抜け忍の証が黴びた柏餅

6

愛の力のチラシを見たよ

7

ケチャップの赤はわたしがもらいます

8

透明なさかなを喉に詰まらせて

よし、清記が終わったよ。このなかから十五分くらいで良かった句を二句選んで、特に良かった一句を「特選」として発表してね。

選を発表しよう

選んだ句は、「(自分の名前)選、○番、〜〜(句を二回読み上げる)。×番、〜〜(句を二回読み上げる)」と発表するのがスタンダードだけど、このへんは句会によるからわからないときは周りの人に聞くといいよ。今回は句の読み上げは一回にするね。

はーい。

それじゃあ、わたしから時計回りに発表していこう。暮田真名特選二番、「雨に糸目をつけないさだめ」。並選一番、「ビー玉が転がる音もわたしです」。次はせんりゅう、お願い。

僕は特選八番、「透明なさかなを喉に詰まらせて」。並選、五番「抜け忍の証か黴びた柏餅」かな。

次はトゲトゲだよ。

俺は特選七番、「ケチャップの赤はわたしがもらいます」。並選、六番「愛の力のチラシを見たよ」だな。

最後にひらひらはどう?

わたしは特選六番、「愛の力のチラシを見たよ」。並選三番、「鮫の歯でダイヤモンドを砕く午後」です。

ありがとう! それじゃあ得点の確認をするね。一番一点、二番一点、三番一点、四番0点、五番一点、六番二点、七番一点、八番一点で合ってるかな?

特選と並選で点数が違ったりはしないのか?

計算が大変だから、区別しないことがほとんどだと思うよ。得点の高かった句から評を言っていく句会が多いけど、今回は一番から順番に見ていくことにしよう。なかはられいこさんの「ねじまき句会」[7] では「参加してくれた人全員に何かを持ち帰ってほしい」という理由でそうしていると聞いて、わたしも見習いたいと思ったものだよ。

素敵ですね。

あ、それともう一つ。句会の最中に、自分が作った句について評を求められることがある。その場合は素知らぬ顔をして、他の人が作った句を評するのと同じように自作の句について喋ってね。

バレないかなあ。どきどき。

評をしてみよう

じゃあ、句会を始めよう。わたしが並選でとっているこの句からだね。

ビー玉が転がる音もわたしです

身体感覚の拡張っていうのかな。「眼鏡は顔の一部です」とか、杖を持っている人は杖の先まで自分自身であるような感覚がある、みたいな話はたまにあるけど、「ビー玉が転がる音」も自分のように感じるっていうのはさすがに見たことがないからおもしろかった。トゲトゲはどう思った？

「ビー玉」は食堂のラムネからとった単語だな。涼しげで良いと思うぜ。

ひらひらはどう？

わたしもこの句はとるかどうか迷いました。わたしは肉体を持たない、音だけでできた生き物の発話だと思いました。

その読みもおもしろいね。最後に作者を聞いて次の句に移ろう。この句を作ったのは誰？

ぼくだよ。

せんりゅうだったのか！　良い句だね。

えへへ〜。

雨に糸目をつけないさだめ

次はわたしが特選にした句だね。この句の見どころの一つは「金に糸目をつけない」っていう言い回しの「金」を「雨」に変えているところだと思うんだけど、「かね」も「あめ」も同じ「ae」音だから読んでいて違和感がない。もう一つは「あめ」「いとめ」「さだめ」と「め」で終わる言葉がテンポよく配置されているところも良いよね。音読したときの気持ち良さでとったかも。せんりゅうはどう思った？

クレダの評を聞いて、音に注目する読み方もあるんだってわかったよ。「どういう意味だろう」って思ったけど、確かに声に出したときに楽しいね。

詩歌を構成する音のことを「韻律」ともいうんだけど、韻律に注目する読みは短歌の得意分野かもね。ひらひらはなにかある？

ええと……「糸目をつけない」が主体的な行動であるのに対して、「さだめ」は自分では選べないものですよね。そのズレがやや気になりました。

なるほど。この句の作者は？

わたしです。

はじめて句会に参加するとは思えないコメントだったね！　じゃあ、次の句に移ろう。ひらひらが並選で選んでいるけど、どう？

鮫の歯でダイヤモンドを砕く午後

ダイヤモンドといえば地球上でもっとも硬い物質ですよね。本当は鮫の歯でダイヤモンドを砕くことは不可能で、むしろその逆になると思うのですが、あえて「ダイヤモンドを砕く」と書くがむしゃらさ、のようなものに惹かれました。

ふむふむ。この「午後」についてはどう思う？

そうですね……句の着地としてはやや無難という感もありますが、「ゴゴ」というとがった音は句の内容とマッチしているように思います。

音に注目するとそうだね。この句は誰が作った句かな？

俺だぜ！

トゲトゲだったのか。次の句にいこう。

給餌とかしないでもらうことにした

この句は唯一の無得点句だね。トゲトゲ、どう？

うーん……「しないでもらうことにした」っていう結び方をどう読めばいいかわからなかったぜ。エサをやる側ともらう側の二つの立場、どっちの発言なのか特定できないからな。

たしかに、「給餌」っていう動作はその二つの立場を内包しているよね。せんりゅうはどう？

ぼくもトゲトゲが言ったのと同じポイントでつまづいたかなあ。「エサをやる側」が別の「餌やり係」に言っているようにも読めるしね。

「餌やり係」は新しい視点だね。ちなみにこの句はわたしの句でした。次の句の読みに入ろうか。

抜け忍の証か黴びた柏餅

この句はせんりゅうが並選で選んでるね。どういうところが良いと思った？

「抜け忍」っていう言葉を知らなかったんだけど、調べたら自分が生まれた里を抜け出して一人で生きる忍者のことを言うんだって。おもしろい単語だね。その証拠が「黴びた柏餅」ってところもおもしろかったよ。

知らない単語があったら調べるのは良いことだね！　句会中にスマホを触るのは気が引ける人もいるかもしれないけど、わたしが参加するような句会ではみんな普通にスマホで調べごとをしてるよ。

わたしは、この「か」はせんりゅうさんとは違う読み方をしました。せんりゅうさんの読みでは「抜け忍の証」＝「黴びた柏餅」ということだったと思うのですが、わたしは「抜け忍の証」or「黴びた柏餅」、という読み方をしました。

あ、わたしもどちらかといえばそっちの読みかも。

「か」の一文字で句の読みがまるっきり変わるのはおもしろいな。

じゃあ、この句は誰の句かな？

俺だぜ！

トゲトゲかあ！　ちなみにこの「か」はどっちだったの？

俺は「＝」の意味で書いてたな。「or」の可能性は指摘されるまで気づかなかったぜ。

句会では往々にしてこういうことがあるんだよね。同じ句を複数人で読む意義はそういうところにもあると思うな。そしたら次の句に移ろう。

愛の力のチラシを見たよ

この句はひらひらの特選と、トゲトゲの並選が入っているね。まずひらひらの評を聞かせてもらえる？

そうですね。チラシというのはコマーシャル、宣伝のためのものですよね。「愛」とは一般的にそういった消費や、生産性といったところから遠いものである一方で、「愛の力」という言い回しはどこか陳腐で「チラシ」的でもある。その揺れ動きに惹かれました。

トゲトゲはどう？

俺は「愛の力」と「チラシ」を取り合わせる皮肉っぽさ、ひねくれ具合が良いと思ったぜ。

この句はわたしの句だよ。丁寧に読んでくれてありがとう。次はトゲトゲが特選で選んでる句だね。どういうところが良いと思った?

ケチャップの赤はわたしがもらいます

これは食堂名物のオムライスを詠んだ句だな。「わたしがもらいます」と言い切る思い切りの良さがいいと思ったぜ。

断言してるよね。「ケチャップの赤」についてはどう思う?

こうやって書かれると、ケチャップには「赤色」以外にいろんな側面があることに気付かされるぜ。「トマト味」とか「液体」とかな。そのなかから「赤色」は自分がもらうと主張しているところがおもしろいな。

この句は誰の句?

ぼくだよ!

なんとなくせんりゅうの作る句の傾向がわかってきたよ。次が最後の句だね。

透明なさかなを喉に詰まらせて

せんりゅうが特選にした理由を聞かせてもらえる？

「透明なさかな」は比喩表現だと思うんだよね。自分の気持ちを伝えようとしても、うまく言葉になるとは限らない。あるいは、「こんなことを言ってはいけない」って自分で禁止してしまうこともあるよね。そのもどかしさや、苦しさを美しく表現できていると思うな。

なるほど。トゲトゲはどう？

おおむねせんりゅうの意見に賛成だぜ。詩的すぎる気がして俺はとらなかったけどな。

これは誰の句かな？

わたしの句です。

ひらひらだったのか！　これで一通り評の発表が終わったね。

ぼくたち初挑戦組の句には一票ずつ入ったから良かった。初参加の句会で票が入らなかったら悲しいもの。クレダは自分の句に票が入らなくても落ち込まないの？

そうねえ。「0点句になると悲しい」っていう感覚は、句会に参加する回数が増えるにつれて薄れてくると思うな。

なんでだ？

句会でどれだけの点が入るかってけっこう運の要素も強いからね。同じ句を別の句会に出すっていうことは普通しないけど、もしやってみたらある句会では0点、別の句会では最高得点っていうこともふつうにあると思うんだ。

そういうものなんですね。

点がたくさん入ったらもちろんうれしいけど、**点が入らなかったからといってだめな句ってわけじゃない。**せっかく自分以外の人に読んでもらえるチャンスなんだから、無難な句より自分でもよくわからないような句を提出するっていう手もあるよ。

句会、とっても楽しかったよ！　また参加したいな。川柳の句会って参加したいと思ったときに参加できるものなの？

数は少ないけど、ないことはないよ。わたしもバーとカルチャーセンターの講座で毎月句会をしているしね。他の人が主催する句会に参加するのもいいけど、自分で句会を主催するのもおすすめだよ。

ええっ。ハードルが高そうだなあ。

そうかな？

今回はたまたま近くにいたから良かったけどよ、遠くにいたら参加できないよな？

それが、コロナ禍になって句会の場をオフラインからオンラインに移行する動きも出てきたんだ。「夏雲システム」[8]は有名だし、Zoomを使えば遠くにいる人同士で互選の句会もできちゃう。わたしが最初に句会をやったときはGoogleのスプレッドシートで句を募集したよ。これなら主催のハードルも低そうじゃない？

場所を借りたりするのは大変だけど、それならできそうかも……。

いろいろと便利なシステムがあるんですね。

これで俺たちもいつでも句会に参加できるな！

宇宙から参加してる人はまだいないけどね……。

1 東京都杉並区某所。釣り堀とレストランが一体化した不思議なスポットとして有名。某グルメドラマの舞台になったこともある。

2 本来は、詩歌の題材を求めて景色の良い場所へ出かけたり、句を作りながら歩いたりすること。

3 参加者全員が互いの作品を読み合い、評価し合うやり方。

4 「選者」だけが参加者の句を読み、そのなかから良かったものを選ぶやり方。

5 この紙を「詠草《えいそう》」ともいう。

6 選者の読みあげを「披講《ひこう》」ともいう。

7 なかはられいこさん主宰の、名古屋で月一回行われる川柳句会。

8 野良古さんによって開発・運営されているオンライン句会システム。https://nolimbre.wixsite.com/natsugumo

DAY 6

【6日目まとめ】

- 自由な発想で吟行を楽しもう
- 句会は「互選」と「師選」形式がある
- 「互選」は視覚優位、「師選」は聴覚優位
- 「評が難しいが魅力を感じる句」は大切に
- 点が入らない＝ダメな句ではない！

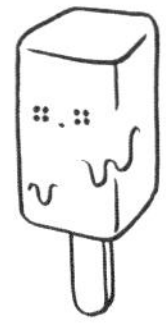

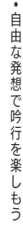

7日目

川柳と「わたし」

せんりゅうの異変

うーん……眩しい！　それに、暑い！

クレダ、おはよう。

せんりゅう⁉　この太陽みたいな光のかたまりがせんりゅうなの？

うん。今日目が覚めたらこうなっていたんだ。

サングラス、サングラス……。

ぼくが地球にいられる時間はもう長くない。クレダともお別れしなくちゃいけない。

そんな！

川柳人に拾われるなんて思ってなかったけど、地球にきて良かったよ。クレダはアイスを買ってくれたり、お散歩に連れていってくれたり、親切にしてくれたね。

俳句をやりたかったなんて言ってごめんね。

お別れしたくないよ……。

みんなで句会をしたのが一番楽しかったなあ。みんな僕とは違う背景を持っているのに、作品を通して話ができることが不思議で、うれしかったよ。

せんりゅう……！

ねえ、最後にこの前言っていた「川柳との付き合い方の変化」について聞かせてよ。川柳を六年続けているクレダは、ぼくとは全く別のことを考えていると思うんだよね。

たしかに……。川柳界では六年なんてひよっこだけど、それでも始めたてのときと今ではぜんぜん違うかも。

それを教えてよ。川柳を六年書くと、どんな変化が起きるの？

川柳がわたしを通過する

まず、始めたてのときに川柳のどういうところを魅力的に感じていたかというと、

「自分の思ってもいないことが書けるところ」だった。**「こんなに嘘っぱちを書いていいんだ」**っていうことに救われたんだよね。

「嘘を書く」ことが救いになるっていうのは、ふつうと逆なような気がするけど……。

確かにね。でも「詩を書くからには自分の本当の気持ちを表現しなきゃいけない」と思い込んでいて、「それができない自分はだめだ」と落ち込んでいたわたしにとっては、そのことが天啓のように思えたんだ。

「できない」と思っていたことをしなくても詩を書けるってわかったんだね。

当然、当時は自分が川柳で書いていることは自分と何の関係もないと思ってた。このことについて少し詳しく話してみようかな。ちょっと抽象的な話になるけど……。

今更じゃないか。

それもそうか。まず、わたしのなかには少なくとも二人のわたしがいるんだ。

え!?

一人は、川柳と出会って、川柳を書いたり、川柳について話したりしているわたし。

もう一人は、川柳と出会う前のわたしだよ。

ややこしいなあ。

仮に川柳をやってる方を「川柳人としてのわたし＝暮田真名」、それ以前の方を「本名のわたし」としておこう。今までせんりゅうと話していたのはだいたい「暮田真名」の方なんだ。

クレダの他に、「クレダになる前のクレダ」がいるっていうことか。

そういうこと。でもね、川柳を書いたり、川柳について話しているときに「暮田真名としての自分の考え」を話しているっていうつもりはあんまりないんだよね。

んん？　じゃあ誰の考えを話しているのさ。

「川柳」だよ。**川柳は自分の手や口を持っていないから、しょうがなくわたしの身体を通過して何かを残していく**んだとしか思えないんだよね。

クレダが、川柳の代弁をしているっていうこと？

「川柳にしゃべらされている」っていうかんじに近いよ。その証拠に、「本名のわたし」には自分が書いていることの意味がわかっていないんだ。それが「嘘っぱちを書いている」という感覚の元になってるんじゃないかな。

そうなのか……。

「誰が書いても同じ」じゃない

あと、始めたばかりの頃は「川柳は誰が書いても同じ」だとも思ってたな。

それはどうして？

自分と関係がないことを書くからね。当時、川柳を作ることは「ＵＦＯを見ること」に似てると思っててね。

ＵＦＯ⁉

そのことについて書いた文章[1]があるんだ。

川柳を作るときは皆それぞれの屋上に立ち、めいめいの呪文を唱えながらてんでばらばらの方向を見上げている。「私」の話をしている暇はない。

ここにも「私」について書いてあるね。

今読むとかなり喧嘩腰だけどね。今はＵＦＯの喩えについては半分は当たっていると思うし、もう半分は外れていると思う。今でも川柳を書くためには自分の外部から何かを呼び込む必要があると思っているけど、「見た」だけでは何も書けない、とも思うようになったんだよね。

それが「身体を通過させる」ってことにつながるの？

そう。そして、その「身体」のあり方はわたしが思っていたよりも一人一人全く違ったんだ。「誰が書いても同じ」じゃないってことは、自分で句会をやってみてはじめてわかった。自分のもとに集まった二十数人の川柳をみて、たった十句でも、書き手自身の話をしていなくても、こうも人によって書き方が変わるのかと驚いたよ。

ここで句会の経験がいきてくるのか。

「身体」というのは比喩のようであって、案外そのままの意味だと思う。頭痛や肩こりって、たぶん人によって感じ方が違うじゃない？「自分と全く同じ頭痛や肩こりに悩まされている人」なんていない。言葉もそれと同じで、**「自分と全く同じように言葉を体験している人」**もいないんだよ。

言葉が頭痛や肩こりと同じ⁉

それに比べたら自分のことを書いているかどうかなんて本当は些細な問題なんだ。

十七音のシェルター

ええと、「本名のクレダ」は「川柳」の言うことに納得してないって言ってたよね。その間、「本名のクレダ」はどうしてるの?

無視してるよ。

ひどい!　自分の声を無視するなんて。

もちろん自分の話を聞いてあげなきゃいけない場面もあるよ。それを川柳でやる必要はないとわたしは思ったんだ。

どうして？

川柳がわたしに教えようとしてくれているのは、**「生産性」とか「業績」みたいな社会的な値つけができない側面が世界にある**ってこと。だから「川柳人としてのわたし」はその通りに書く。その一方で、「生産性」の世界で散々ひどい目に遭ってきた「本名のわたし」は「お前には何も書く権利がない」「何を書いても無駄だ」って言ってくるんだ。この場合、「本名のわたし」の言うことを聞いてもその先には沈黙しかないでしょ。

「本名のクレダ」はクレダを黙らせようとしているってこと？　どうしてそんなことをするんだろう？

怖いからじゃないかな。社会の要請に応えない人間がどんなに恐ろしい思いをすることになるか知っているからね。

ある意味では、クレダを守ろうとしているってことか……。

わたしが「自分の声」と思っているものは、もとは「一人前になるまで文句を言うな」「結果が伴わなければ負け犬の遠吠えだ」っていう「世間の声」だったのかもしれない。それを跳ね返せる強さがあれば良かったのかもしれないけど、わたしは本気で「自分が世界に対してできることは何もない」って思った。「書きたいことが何もない」っていう感覚もその延長にあると思う。「世間の声」と「自分の声」を区別するって、実はすごく難しいことなんじゃないかな。

たしかに……。

そうやって沈黙を強いられてきた自分とか、自分に沈黙を強いる自分の言うことには耳を貸さないことが必要なときもあると思うんだよね。

「自分の声を無視する」っていうのはそういうことか。でも、そんなことできるの？だって自分の声なんでしょ？

簡単じゃないけど、それを可能にしてくれたのが川柳だったんだ。なんせ、川柳は短いからね。

そんな理由⁉

なかなか馬鹿にできないよ。「書きたいことは何もないけどなんか書く」なんて不自然なことだからね。ふつうの文章を書こうとしたら挫折しちゃう。でも十七音ならなんとかできそうって思うでしょ？

まあ、実際クレダにも書けたんだもんね。

たった十七音なら「自分の声」から逃げ切れる。もちろん「世間の声」からもね。**「何の決まりもない十七音」である川柳は、わたしにとってシェルターみたいなものだったんじゃないかな。**

自由と安全を確保してくれる場所ってことだね。

当たり前のことを言うようだけど、十七音書くのと、一音も書かないのとではその後に起こることが全く変わってくるからね。「何も書きたくない」っていう自分の声に従っていたら何も始まらないままだった。こうやってせんりゅうに川柳の話をすることもなかっただろうね。

そう考えると、川柳との出会いはクレダにとってすごく大きなことだったんだねえ。

川柳に「わたし」を教えてもらう

それに、「本名のわたし」が最後まで関わってこないかというとそういうわけでもないよ。去年の夏に「川柳が話しかけてくる」っていう体験をしたんだ。

え……？

何か言いたそうだね。わたしが最初に言った「川柳に思ってもいないことを書く」っていうのは、ある意味では「本名のわたし」が川柳に対して心を閉ざしているってことでもあると思うんだよね。

まあ、「本名のクレダ」と「川柳」の関係でいうとそうなのかな？

ところが、ある日こういう句ができたんだ。

洗脳の甲斐あってまだあたたかい

これができたとき、「そうだな」って思ったんだよね。

「そうだな」？

うん。「もっともだ」と思った。「川柳人としてのわたし」じゃなくて「本名のわたし」がそう思ったんだと思う。

この句は「本名のクレダ」にも意味がわかったってこと？

「意味がわかる」と思うものは捨てるから、「意味がわかる」とは違うかも。「句の出来に納得がいった」とも違うんだよね。平たくいえば「心が動いた」ってことだと思うんだけど、体感としては「説得された」ってかんじだったな。そのときはじめて「川柳が話しかけてきた」って思ったんだ。

自分が書いた川柳に話しかけられるなんて、おかしな話だなあ。

でも、**詩を書く人なら自分の詩で心が動く体験をしたことがある人がほとんどなんじゃないかな？** その前に「自分の心のある部分には全くわからないこと」を書いてたのはちょっと珍しいかもしれないけどね。

むしろ「話しかけてくる」の前段階が変だったのか。

わたしの場合は川柳をやっていなかったらもっと自分のことを知らないままだったと思う。「わたし」について、川柳に教えてもらった部分があるんだよ。

どういうこと？

一つは、「川柳人としてのわたし」が自分のなかにできたってことかな。「本名のわたし」には川柳の言うことがわからないって言ったけど、でも、本当にわたしに知覚できない領域のことは書けないはずでしょ。わたしのなかに「本名の自分」

と相反する考えを書くわたしがいるってことがわかったんだ。

そんなこともあるのかあ。

あとは、自分の句を人に鑑賞してもらったときに、不思議と自分の問題意識や願いを言い当てられているような気持ちになることもある。「句を書いたときに考えていたこと」を見抜かれるんじゃなくて、「まだ言葉になっていなかったけど、言われてみれば自分はそういうことを望んでいたのかもしれない」ってハッとするかんじ。

へえー。最初の話が「クレダがクレダの知らないクレダを見つけた」っていう話だとしたら、こっちは「他の人がクレダの知らないクレダを見つけてくれた」っていう話なのかな。

上手にまとめてくれたね。前に「自分の作品について自分がわかっていることはごくわずか」って言ったでしょ？　それって自分についても同じだと思うんだよね。

自分について自分がわかっていることは少ないってこと？

そう。たとえばわたしは、自分の名前とか、年齢とか、通った学校とか、両親の名前とかを知ってる。でもこれってプロフィール的な理解であって、わたしという生き物にはそれ以外の側面がたくさんあるはずじゃない？

それはそうだね。

でも、それを一人で発見するのは難しい。特に、「自分が言葉というものをどう体験しているか」を自ら知るのは至難の業なんじゃないかな。わたしが言葉にした時点で、それは「わたしが使う言葉」というフィルターをくぐってしまっているからね。

頭がこんがらがってきた……。

川柳を人に読んでもらうことが、結果的にわたしの知らないわたしを見つけてもらうことにつながったんだ。これは最初から作品に「自分が知っている自分のこと」を書き込んでいたら起こらなかった現象じゃないかな。

なるほどねえ。具体的には、どういうときにそう思ったの？

批評会もそうだったし、友達の平英之さん[2]がわたしの川柳について書いてくれたときに強くそう思ったよ。この文章を読んだとき、わたしが川柳に惹かれる理由がちょっとわかったような気がしたんだよね。

ユーモラスな仕方で遅れをとり、悠々自適に愛するまなざしを持つための無為をつくること。架空の失敗、忘却、悪事を作り出し、それらと反対のものも含めて本当にどっちでもよいという仕方で一旦は言葉のなかで有効化してしまうこと。いかにも無責任だが、むしろ切実に言葉と生の縁を結び直す必要に迫られている人のためにも、今このようなやり方があるのだと思う。

難しい文章だなあ。どういうところがクレダが川柳を好きな理由と関係があると思ったの？

すこし話が飛ぶんだけど、試験前に「ぜんぜん勉強してないわー」って言いながら蓋を開けてみたら良い点数を取る子、学校にいなかった？

言われてみたらいたかも。それがこの話となんの関係があるの？

学生の時のわたしは、わたしが二十五点しか取れなかったテストで「ぜんぜん勉強してない」って言ってる子が九十点を取るのを見て、「ぜんぜん勉強してない」という言葉はもうわたしのためには残されていないんだ、わたしが使える言葉はもうないんだってショックを受けたんだ。あのときわたしは言葉と生との縁が切れたんだと思うんだよね。

大げさに言えばそうなるのかな？

平さんの文章に戻ると、「遅れ」とか「無為」、「失敗、忘却、悪事」がカギだと思うんだよね。これらは一見「価値のないこと」「情けないこと」であって、決して「立派なこと」「美しいもの」ではないからこそ、心がひしゃげていたわたしでも書き始めることができたんだと思う。良くないことをわざわざ捏造して書くなんてばかげてるようだけど、それが「悠々自適に愛するまなざし」を持つためだっていうのも素敵だと思ったな。

愛するって、なにを？

うーん、難しいけど、地球をじゃないかな。

なるほど……。なんだか目頭が熱くなってきたよ。

継続する喜び

この六年をざっと振り返ってみたけど、どうだった？

いろんな変化があったんだってことはわかったよ。六年も続けているといろいろあるんだね。

そうだね。同語反復になっちゃうけど、川柳を六年続けてきていちばんうれしいことは「川柳を六年続けられた」っていうことかもしれない。

川柳をたくさん作ったとか、川柳が上達したとかじゃなくて？

うん。わたしは作る句の数はぜんぜん少ないけど、一ヶ月のうちのどこかでは必ず川柳を作る時間を設けてる。そうすると、川柳との間で思いもよらなかったようなことが起こる。そういう媒体を見つけることができてうれしいんだ。

続けているといろんなことが起きるっていうのは、川柳に限った話ではないと思うけど……。

それもそうだね。わたしは幼稚園から高校まではもっぱらお絵描きをして過ごしてて、十五年も続けていたから最初よりはうまくなったと思うけど、いまはあんまり描かなくなっちゃった。絵はそれこそ努力と上達の世界だし、他の人が描いたすばらしい絵が何もしなくても視界に入ってくるから、「わたしがやっても無駄かも」って思っちゃったんだよね。

それも「自分の声」っぽい「世間の声」だと思うけどなあ。

その通りだと思うよ。けっきょく川柳を続けられたのも、「自分がときどき良い川柳を作る」っていうことが早い段階でわかったからだしね。自分ができるとわかっていることを続けるのはそんなに難しくなかったよ。

クレダは川柳以外にも「世間の声」と折り合いをつける方法を見つけられるといいね。

う……そうだね。他人の言うことを気にしなくていいっていう話をしてきたけど、自分がそこから自由になったとはぜんぜん思わないな。ところで、さっきから部屋の温度がさらに上がってる気がするんだけど……こころなしか、せんりゅうももっと大きくなってるし……。

ご、ごめん……爆発しそう……。

え、爆発⁉

うわ～～～～～‼

1　引用は「川柳は上達するのか?」『ねむらない樹 vol.6』（書肆侃侃房／二〇二一）から。

2　たいら・ひでゆき＝一九九〇〜。歌人。短歌グループ「TOM」メンバー。「TOM」は平英之、永井亘（N／W）、佐クマサトシからなる短歌グループ。ウェブサイトを母体としたミステリアスな活動から熱心なファンも多く、二〇二三年の夏に紀伊國屋国分寺店で「TOMフェア」が開催されたのは夢のような光景だった。引用は「月報こんとん　春文フリ特別号」から。https://note.com/kuredakinenbi/n/nc91d30d2a369

DAY 7

【7日目まとめ】

- 川柳は嘘っぱちを書いてもいい
- でも、「誰が書いても同じ」じゃない
- 川柳は十七音のシェルター
- 川柳が自分の知らない自分を教えてくれる
- 自分の川柳を読んだ人が知らない自分を見つけてくれることもある

エピローグ

奇妙に暑い夏の一週間を宇宙人と暮らした。

せんりゅうの爆発に巻き込まれたわたしはなぜか無傷で、本棚も無事だった。せんりゅうが気を遣ってくれたのかもしれない。天井は吹き飛んで室内にいても空が見えたけど、火災保険でどうにかなるらしい。

問題は心に空いた穴の方だった。

「ただいまー……」

せんりゅうはもういないと頭ではわかっているのに、返事がないことにいちいち落胆してしまう。一人では食べ切れない量のバニラアイスに冷凍庫をふさがれたまま、気付けば夏が終わろうとしていた。

「急にいなくなるなんてひどいよ……」

最初はせんりゅうのことは誰にも言うつもりがなかった。「宇宙人を拾った」なんて信じてもらえるわけがないからだ。もし信じてもらえたとしても、「川柳ブーム」のために宇宙人を利用しようとしていたなんて聞こえの悪いことを話すのは気が引けた。

しかし、屋根の修復作業が終わって、はたと気がついた。このままではせんりゅうのことを一人で抱えたまま忘れてしまうのではないか？　いてもたってもいられなくなったわたしは『ふりょの星』の編集者の筒井さんに電話をかけた。

「わたし、この前宇宙人を拾ったんですけど……」

「えっ……？」

筒井さんははじめこそ驚いていたがすぐに事の次第を理解し、わたしとせんりゅうとの対話を一冊の本にまとめて発表してみてはどうか、と提案してくれた。

『宇宙人のためのせんりゅう入門』はこのようにして生まれた。わたしはずっと、川柳について誰かに話したかった。せんりゅうとの出会いはわたしにとって思わぬギフトだったのだ。

この本を読んだあなたが、わたしの〈川柳の友人〉になってくれたらうれしい。

二〇二三年冬　自室にて

せんりゅうのために〈寿司法〉で作った十句

せんりゅうが言うほど骨は青くない
せんりゅうが小エビを派遣してくれる
せんりゅうに入玉してもよくってよ
せんりゅうも核家族ではあるまいな
せんりゅうに見えてふしあなだったのね

せんりゅうのことは瞠目するからね
せんりゅうにならって滝にお辞儀する
せんりゅうが花形だって言ってるの
せんりゅうの頭のねじを切らしちゃった
せんりゅうに誓って海は行かないよ

暮田真名（くれだ・まな）

1997年生。川柳句集『ふりょの星』（左右社）。他に『補遺』『ぺら』（私家版）。『はじめまして現代川柳』（書肆侃侃房）入集。「川柳句会こんとん」主宰。「当たり」「砕氷船」メンバー。NHK文化センター青山教室で「現代川柳ことはじめ」講師、荻窪「鱗」で「水曜日のこんとん」主催。

宇宙人のためのせんりゅう入門

二〇二三年十二月三十一日　第一刷発行

著者　暮田真名
イラスト　東海林たぬき
装幀　北野亜弓（calamar）

発行者　小柳学
発行所　株式会社左右社
東京都渋谷区千駄ヶ谷三丁目五五－一二ヴィラパルテノンB1
TEL　〇三-五七八六-六〇三〇
FAX　〇三-五七八六-六〇三二
https://www.sayusha.com

印刷所　創栄図書印刷株式会社

 ISBN978-4-86528-396-9
JASRAC　出　2309124-301